KB195028

블랙북

김하연 장편소설

블랙북

슈크림북

차
례

—

12월의 마지막 날 밤.

새해를 기다리는 사람들의 설렘을 무시하듯 스산한 바람이 창문을 흔들었지만, 남자의 귀에는 어떤 소리도 들리지 않았다. 앞에 펼쳐진 책을 하염없이 바라보던 남자는 마침내 펜을 들었다.

한 장 남은 페이지에 마지막 질문을 적기 위해.

남자의 펜이 종이 위를 천천히 나아갔다.

Q: 나는 이 책을 다시 만날 수 있을까?

남자는 펜을 놓고 시계를 확인했다.

11시 58분.

책의 규칙에 어긋나는 질문인데도 대답을 받을 수 있을까.

책을 덮었지만 다시 펼칠 엄두가 나지 않았다. 여유를 부릴 시간은 없다. 자정이 지나면 어떤 일이 생길지 모른다. 쫓기듯 다시 펼친 페이지에는 책이 준 마지막 대답이 보였다.

Yes.

밖에서 희미하게 들려오는, 새해를 축하하는 함성을 들으며 남자는 안도의 한숨을 내쉬었지만 책은 그에게 이별을 고하기 시작했다. 허공으로 떠오른 책이 한순간에 실처럼 분해되더니 이윽고 먼지보다 작은 조각이 되어 책상 위로 떨어졌다.

책의 흔적은 이제 어디에서도 찾을 수 없었다.

그 믿지 못할 광경에도 남자는 놀라지 않았다. 이 책과 함께한 1년은 그가 겪은 어떤 일보다 경이로웠으니까. 남자의 마음은 한 가지 결심으로 단단해지고 있었다.

이 책을 다시 찾을 것이다.

시간이 얼마나 걸리든. 어떤 짓을 해서든.

조바심을 낼 필요는 없다.

이 책의 대답은 언제나 진실이다.

Q

우리 반 애들은
내일도 나를 귀찮게 할까?

1

재승은 책상에 놓인 화려한 부채와 밀폐 용기에 든 쌀, 새파란 한복 저고리를 애써 차분한 눈길로 응시했다. 재승의 기분은 아랑곳하지 않은 채 윤미가 서연의 팔을 때렸다.

"방울은? 네가 책임지고 구해 온다며!"

"무당 방울이 얼마나 비싼지 아냐? 인터넷 찾아봤는데 제일 싼 게 오만 원이었어!"

"야, 나도 이 부채 사는 데 만 원이나 썼어! 한복도 우리 엄마가 다른 집에서 간신히 샀다고!"

서연이 다시 변명을 하기 전, 윤미는 재승을 향해 얼굴을 잽싸게 들이댔다.

"박도령, 우리가 무당 세트도 준비했는데 점 한 번만 더 봐주라. '장비빨'이라는 말이 괜히 있겠냐? 도구가 있으면 미래도 더 잘 보이겠지! 그래서 말인데 내가 지난번에 말했던 콘서트 티켓팅 성공할 수 있을까? 최서연이랑 꼭 같이 가야 된다고!"

재승의 시선이 교실 벽시계로 향했다. 조회가 시작되려면 아직도 10분이나 남았다.

이런 일을 당할 줄 알았다면 학교에 빨리 오지 않았을 텐데.

지난달만 해도 말 한 번 섞지 않았던 남서중학교 3학년 1반 아이들 대부분이 재승의 주변을 에워싸고 있었지만, 재승은 아이들의 관심이 결코 반갑지 않았다.

이번에는 동재가 재승의 등을 살며시 찔렀다. 잘못 건드렸다가는 신기가 있는 아이의 저주를 받을지도 모른다는 듯이. 이제야 변성기가 온 동재는 잔뜩 쉰 목소리로 말했다.

"저기…… 내가 어제 내 방에서 자고 있었는데…… 새벽 두 시에 내 핸드폰으로 전화가 왔어. 잠결에 화면을 보니까 '우리 집'이라고 찍혀 있더라고. 졸려서 무시하고 잤는데 아침에 일어나니까 완전 소름 돋잖아. 그 시간에 우리 집에서 누가 나한테 전화를 했겠어?"

서연이 자기 입을 틀어막았다.

"가족들한테 물어봤어? 너한테 전화를 한 사람이 없대?"

동재가 고개를 끄덕인 순간, 오늘따라 우중충한 하늘에서 우르릉거리는 소리가 들렸다. 여자아이들이 호들갑스럽게 비명을 질렀다.

"나한테 전화한 사람이 누굴까? 우리 집에 귀신이 사는 건 아니겠지? 네가 좀 알려 주면 안 돼?"

윤미가 동재를 노려봤다.

"야, 이동재. 네 목소리가 더 귀신 같거든? 어디서 새치기야, 내가 먼저 티켓팅 물어봤잖아! 박도령, 가만있지 말고 쌀이라도 책상에 뿌려 봐. 유튜브 보니까 무당들은 다 그렇게 하던데."

서연도 고개를 끄덕였다.

"한복도 입어 봐! 넌 키도 크고 잘생겼으니까 뭘 입어도 어울릴걸?"

재승은 눈을 감고 천장을 향해 고개를 젖혔다.

피곤하다.

이 애들은 언제까지 이런 시시한 질문들로 나를 괴롭힐까.

재승은 고개를 똑바로 세우고 윤미를 바라봤다.

"포기해."

"뭘?"

"콘서트 티켓팅."

"나 성공 못 해? 최서연도?"

"응."

윤미가 두 손으로 얼굴을 감싸 쥐었다. 서연이 윤미를 껴안으며 윤미의 어깨에 고개를 묻었다. 가뜩이나 을씨년스러운 날씨에 두 아이의 흐느낌이 더해졌다.

재승이 일어서자 아이들이 뒷걸음쳤다. 재승은 부채와 쌀이 든 밀폐 용기, 한복 저고리를 집어 동재에게 안겨 주었다.

"이동재, 네 방에 옷장 있지?"

"헉, 어떻게 알았어?"

"이거 가져가서 옷장 깊숙이 넣어 둬. 다시는 그런 전화 안 올 거야."

"그럼…… 진짜 귀신이 전화한 거야?"

"응."

아이들의 비명과 함께 교실 앞쪽에서 담임의 쩌렁쩌렁한 목소리가 들렸다.

"누가 이렇게 떠들어! 조회 시작 전에는 자리에서 책 읽으랬잖아!"

아이들이 귀신보다 빠른 속도로 흩어졌다. 재승은 자신을 구해 준 담임에게서 후광을 본 듯했다.

윤미와 서연이 좋아하는 아이돌은 재승도 알 만큼 유명하다. 그런 아이돌의 콘서트 티켓팅이라면 당연히 실패할 확률이 높다. 그리고 동재는 어젯밤에 자기 방에서 잤다고 했다. 아이들의 방에는 대부분 옷장이 있다. 새벽에 전화를 건 범인의 정체는 모르겠지만 그런 일이 또다시 되풀이될 확률은 낮은 데다 옷장에 마음을 안심시키는 물건이 있으면 편안히 잠들 수 있을 것이다.

솔직히 말하면 그 잡동사니들을 동재에게 떠넘긴 것뿐이지만.

재승은 참았던 한숨을 내쉬며 생각했다.

아, 기 빨려.

이 괴로움은 다 그 책 때문이다.

2

그 책을 발견한 건 지금으로부터 한 달 전인 4월 8일. 재승의 반이 도서관 책 정리를 떠맡은 날이었다.

늘 시커먼 트레이닝복 차림에 무뚝뚝한 표정을 한, 남서중학교 체육 교사이자 3학년 1반 담임을 맡은 이태웅 선생님은 종례를 마치고 교탁에 택배 상자를 올려놓았다.

"책처럼 먼지가 많은 것도 없다. 마스크와 목장갑이 필요한 사람은 가져가라."

남학생들이 투덜거리는 가운데 몇몇 여학생이 교탁 쪽으로 달려갔다.

"가방은 교실에 두든 가져가든 알아서 해라. 빨리 시작할수록 빨리 끝난다. 출발하자."

재승은 가방을 한쪽 어깨에 걸친 채 맨 뒤에서 아이들을 따라났나. 대부분의 중고등학교는 본관 건물 안에 도서실이 있지만, 남서중학교는 무려 3층짜리 도서관이 본관 옆에 있다. 규모는 번듯해도 지은 지 오래된 탓에 리모델링을 앞둔 곳이다.

도서관에 도착한 아이들이 그새를 못 참고 떠드는 동안, 담임은 사서 선생님과 이야기를 나누었다. 곧 담임이 아이들을 향해 외쳤다.

"다섯 명씩 모둠을 만들어라! 3층 자료실에 버릴 책이 제일 많다고 하니 두 모둠은 그쪽으로 가고, 남은 모둠은 각각 2층, 1층에 모인다."

재승은 모둠을 만들기 위해 뭉쳤다 흩어졌다 하는 아이들을 지켜봤다. 힘들게 움직일 필요는 없다. 1반은 스물한 명이니 다섯 명씩 모둠을 짜면 한 명이 남을 테고, 그건 당연히 재승일 테니까. 실망스럽지도 창피하지도 않다. 아이들 무리에 끼지 않는 것은 재승의 선택이었으니까. 어차피 고등학교에 가면 다 흩어질 사이인데 친구 관계에 집착하는 건 에너지 낭비다.

하지만 예상과 달리 모둠에 들어가지 못한 아이는 또 있었다. 재승은 혼자 있는 소진을 가늘게 뜬 눈으로 시켜봤다. 소진은 여느 때처럼 차분한 표정이었지만 붉어진 뺨을 보니 이 상황이 난처한 모양이다.

소진과 둘이 모둠이 되는 상황을 예상하고 있는데 회장이 달려왔다. 회장이 안 됐으면 어쩔 뻔했나 싶을 정도로 리더십이 넘치는 데다 공부도 잘하는 녀석이다.

"음, 두 명이 남았구나. 다섯 명 못 만든 모둠 손 들어!"

여자애들로 이루어진 모둠이 손을 들었다. 회장은 소진을 그쪽에 데려다준 뒤 재승에게 돌아왔다. 이 녀석만 아니었으면 소진과 둘이 책 정리를 할 수도 있었을 텐데.

"난 혼자 한다."

"아니야! 나랑 저쪽 모둠으로 가면⋯⋯."

재승은 담임에게 걸어갔다. 담임은 어깨까지 닿는 머리를 고무줄로 묶으며 재승을 쳐다봤다.

"뭐냐, 넌."

"모둠에 못 들어갔는데요. 우리 반은 스물한 명인데 다섯 명씩 조를 짜라고 하셨으니까 저는 혼자⋯⋯."

"책 정리를 하는 데 다섯이든 여섯이든 무슨 상관이냐. 그렇게 융통성이 없어서 어떻게 사냐, 아무 데나 끼었어야지."

가슴속에서 뜨거운 기운이 올라왔다. 담임은 방금 재승이 가장 싫어하는 말을 내뱉었다. 아무 데나 껴서 놀아라. 마음을 열고 먼저 다가가라. 누구라도 좋으니 친구 좀 사귀어라. 아빠한테도 질리도록 듣는 잔소리다. 옆에 있던 사서 선생님이 재승의 눈치를 살피며 말했다.

"그럼 넌 지하에 있는 책들을 분리수거장에 갖다 놓을래? 저쪽 계단을 내려가면 작은 창고가 있는데 버릴 책들은 빨간 끈으로 묶어 놨어."

"네."

재승은 계단 쪽으로 몸을 돌렸다.

도와줘서 고맙다는 사서 선생님의 목소리가 들려왔지만 재승은 돌아보지 않았다.

*

창고 한가운데에 빨간 끈으로 묶은 책 더미들이 보였다. 한쪽 벽에는 낡은 접이식 침대가 생뚱맞게 놓여 있고, 구석에 기대선 청소 도구들과 바닥에 있는 작은 가스버너와 냄비, 식용유 따위를 보니 이 창고는 청소하는 아주머니들의 휴식 공간인 것 같았다.

허름한 분위기와 달리 창고에서는 묘하게 달콤한 향기가 났다. 재승은 향기의 정체를 금세 찾아냈다. 유리 용기에 담긴 보라색 향초가 침대 옆 협탁 위에서 타오르고 있다. 지하의 퀴퀴한 냄새나 음식 냄새를 없애기 위한 용도인 듯했다.

재승은 책 더미를 양손에 들고 휘청거리며 창고를 나왔다. 팔꿈치가 빠질 것 같았지만 모두 여섯 묶음이니 세 번만 오가면 끝이다.

분리수거장에 책을 버리고 창고로 돌아간 재승은 문가에서 걸음을 멈췄다. 불길한 느낌과 함께 매캐한 냄새가 콧속을 찔렀다. 재승은 셔츠 깃을 끌어 올려 코와 입을 막은 채 창고 안으로 고개를 들이밀었다.

바닥에 쓰러진 책들에서 주황색 불길이 솟아오르고 있다.

종이가 타들어 가는 소리와 함께 정신이 아득해졌다. 향초 때문인가. 책 더미를 들고 휘청일 때 향초를 팔로 치기라도 했나. 그렇다면 남은 책들은 어쩌다 쓰러졌지.

지금은 화재의 원인을 생각할 때가 아니었다. 구석에 있던 소화기를 가져와 불길을 향해 호스를 들이댔다. 목장갑도 마스크도 받지 않은 게 이렇게 후회가 될 수 없었다. 책들 위로 하얀 거품이 내려앉기 직전, 재승은 이상한 광경을 목격했다.

검은 표지의 책 한 권이 불 속에 있었다. 금세 종이가 오그라들며 타들어 가는 다른 책들과 달리 그 책은 혼자 멀쩡한 모습을 유지했다. 신기한 광경에 감탄할 여유는 없었다. 창고 안은 소화기에서 나온 연기로 금세 가득 찼다. 불이 모두 꺼지자 재승은 기침을 쿨럭이며 구석에 있던 집게를 가져와 검은 책을 집어 들었다.

고급 다이어리처럼 딱딱한 검은색 표지.

제목도 작가 이름도 없다.

노트인가 싶어 안을 들춰 보려는데 담임의 목소리가 들렸다.

"뭐야, 박재승!"

침대에 두었던 책가방을 열고 검은 책을 쑤셔 넣었다. 그 정신 없는 상황에서도 온몸의 털이 쭈뼛 서는 듯했다.

불 속에 있던 책인데도 전혀 뜨겁지 않다.

날뛰는 심장 박동을 느끼며 지퍼를 닫은 순간, 담임이 뛰어 들어왔다.

"불났냐? 괜찮아? 안 다쳤고?"

재승은 멍하니 고개만 끄덕였다. 담임은 그제야 마음이 놓였는지 난장판이 된 창고 안을 보며 한숨을 쉬었다. 다른 아이들도 웅성거리며 문가에서 고개를 들이밀고 있다. 주목받는 건 질색인 데다 이런 식의 주목은 더더욱 사양이다.

담임의 의심스러운 눈길이 재승을 훑었다.

"너 혹시…… 담배 피웠냐?"

"아닌데요."

담임의 손바닥이 재승의 등에 꽂혔다.

"여긴 네가 치워라."

집에 오자마자 엉망이 된 교복을 빨래 바구니에 넣고 옷을 갈아입었다. 수학 학원에 가기까지 아직 한 시간이 남았다. 수학 문제집을 책가방에 넣으려는데 검은 책이 보였다. 재승은 검은 책을 책상에 올려놓고 안을 들춰 보았다.

오늘 날짜가 쓰인 페이지만 하얀색. 나머지 페이지는 모두 검은색.

내지 사이에 끼워진 가름끈마저 검은색이다.

재승은 하얀색 페이지를 유심히 바라봤다. 날짜 밑에는 'Q : ', 그 밑에는 'Yes / No'라는 단어가 적혀 있다.

```
04. 08

Q :

Yes  /  No
```

예스와 노의 뜻은 당연히 안다. Q는 'Question'의 약자일 것이다.

이 책의 정체는 뭘까. 왜 이 책만 불에 타지 않았을까.

그리고 왜 오늘 날짜가 적힌 페이지만 하얀색일까.

핸드폰을 켜고 포털 사이트 검색창에 검은 책, 불에 타지 않는 책 등의 단어를 넣어 봤지만 책의 정체를 추리할 만한 정보는 없었다. 불에 타지 않는 특수 코팅제를 발랐나. 책에 굳이 그런 코팅을 할 필요가 있을까. 그리고 날짜 밑에 적힌 영어 단어들은 뭘 의미하지. 질문을 쓰고 답을 스스로 표시하며 자신의 하루를 돌아보라는 뜻인가.

그렇다면 난 뭐가 궁금한가.

책상에 놓인 탁상 달력으로 시선을 돌리자 못 보던 메모가 보였다. '엄마 생일 5월 16일. 추모 공원 고고!'라고 쓰인 작은 포스트잇이 붙어 있다. 애써 장난스럽게 쓴 아빠의 메모를 본 순간, 검은 책에 대한 호기심은 슬픔과 원망이 섞인 복잡한 감정으로 변했다.

재승은 볼펜을 들고 질문을 썼다.

Q: 엄마는 나를 낳고 행복했을까?

망설임 없이 'No'에 동그라미를 쳤다.

아기를 낳은 날에 죽었는데 행복했을 리가 없잖아.

재승은 책을 덮었다. 이 책을 집까지 가져오는 게 아니었다. 생각할수록 섬뜩한 데다 기분만 나빠졌다.

재승은 책상 서랍을 열고 검은 책을 던져 넣었다. 아빠의 메모를 떼서 휴지통에 버리는 것도 잊지 않았다.

3

중학생의 아침은 늘 힘겹지만 오늘따라 컨디션이 좋지 않다. 팔이 유난히 뻐근한 걸 보니 어제 책을 옮겼다고 이런 모양이다. 방에서 나가자 고소한 냄새가 풍겼다. 아빠의 아침 메뉴는 한결같다. 토스트와 우유. 냉장고 상황에 따라 계란이나 베이컨이 추가된다. 누가 약사 아니랄까 봐 접시 옆에는 아침에 먹어야 할 영양제들이 놓여 있다.

"네가 웬일이냐. 오늘은 10분이나 늦게 일어났네."

재승은 아빠가 신기해할 정도로 아침잠이 없었다. 재승은 어깨를 돌리며 식탁에 앉았다.

"벌써 4월이네. 담임 선생님은 좋으셔? 엄마들만 온다고 창피해하지 말고 학부모 총회라도 가 볼 걸 그랬나?"

"좋은지는 모르겠고. 좀 이상해요."

"어디가 이상한데?"

"남잔데 머리카락이 어깨까지 와. 밤에 뭘 하는지 만날 졸린 눈이고."

"선생님 젊으시지?"

"아니. 서른 살도 넘었을걸."

"내가 서른 살이면 날아다녔겠다. 그리고 남자는 머리 좀 기르면 안 되냐? 너는 어린애가 가끔 노인네 같은 소리를 하더라. 그건 그렇고 국어 학원은 정말 안 다닐래? 너 국어가 유난히 약하잖아. 다니기 싫으면 틈틈이 책이라도……."

"아빠, 나 밥 먹잖아요."

"나도 너만 할 때는 엄마가 밥상머리에서 잔소리하면 듣기 싫었거든? 근데 내가 부모가 되니까 알겠더라. 자식이랑 얘기할 시간이 밥 먹을 때밖에 없어."

"그럼 나도 아빠한테 잔소리 좀 할까? 제발 다이어트 좀 하세요. 약사가 그렇게 배가 나왔으니 손님들이 어떻게 생각하겠어?"

아빠는 입을 다물겠다는 뜻으로 양 손바닥을 펼쳐 보였다. 재승도 안다. 이제 성적에 따라 진학할 고등학교를 결정해야 한다는 걸. 재승은 성적이 좋은 편이라 아빠는 집에서 가까운 외고에 재승을 보내고 싶어 한다. 그 학교는 영어 내신뿐 아니라 국어와 사회 성적까지 심사했는데 점수가 영 안 나오는 국어만 아니라면 합격을 노릴 수 있을지도 모른다. 대단한 야망 은커녕 이루고 싶은 작은 꿈도 없지만, 그저 적당한 대학에 가서 적당한 회사에 다니며 살고 싶지만, 그렇게 살기 위해서는 적당한 노력은커녕 생각보다 치열한 노력이 필요하다.

"오늘 고모 오는 날인 거 알지? 먹고 싶은 반찬 있으면 고모가 카톡 보내래."

"생각해 볼게. 잘 먹었습니다."

비타민을 씹으며 방으로 들어왔다. 가방은 자기 전에 챙겼고, 책상 위 물건들도 제 위치에 있다.

아, 그 책.

서랍에 처박았던 검은 책을 생각하자 머리가 지끈거렸다. 서랍 속 물건들에도 엄연히 제자리가 있다. 정해진 자리를 무시하고 다른 물건을 쑤셔 넣다니. 평소라면 절대로 하지 않았을 행동이다. 재승이 워낙 강박적으로 정리를 하는 데다 자신의 물건을 건드리는 걸 질색하기 때문에 고모는 집안일을 도와주러 와도 재승의 방은 청소기만 밀고 갔다.

그래도 혹시나 서랍을 열어 본다면.

재승은 서랍에서 검은 책을 꺼냈다. 책장을 펼친 순간 목덜미가 뻐근해졌다.

어제 썼던 페이지가 사라졌다. 그리고 새로 생긴 하얀 페이지에는 오늘 날짜가 적혀 있다.

```
04. 09
Q :
Yes  /  No
```

어떻게 된 거지, 이럴 리가 없는데.

분명히 질문을 쓰고 'No'에 동그라미를 쳤는데.

책을 아무리 뒤져도 어제 썼던 페이지는 보이지 않는다. 손에 힘이 풀려 책이 바닥으로 떨어진 순간 노크 소리가 들렸다.

재승은 검은 책을 집어 황급히 책가방에 넣었다.

다리는 알아서 학교 쪽으로 걷고 있었지만 머릿속은 검은 책에 대한 생각뿐이었다. 곱씹을수록 섬뜩하다. 유튜브에서 보던 괴담처럼 귀신이라도 붙은 책인가. 학교 분리수거장에 갖다 버릴까, 집에 가서 찢어 버릴까.

어제 창고에서 일어난 불도 이 책의 저주는 아닐까.

조회 시간에 맞춰 담임이 교실로 들어왔다.

"내일은 체육 수행 평가가 있는 날이다. 제기는 진작 나눠 줬으니 틈틈이 연습했겠지. 내가 체육이라고 봐주는 건 없다."

회장이 손을 들었다.

"애들이 어디에서 하는지 궁금해하는데요."

"운동장밖에 더 있냐. 체육관은 리모델링 때문에 1학기까지 공사 중이잖아. 다음 달부터는 신발장도 체육관 뒤편으로 옮긴다. 다시 공지하겠지만 헷갈리지 말도록."

담임이 나가자마자 교실이 소란스러워졌다. 너는 연습 얼마나 했냐, 나는 망했다, 내일 비나 왕창 쏟아져라 등의 아우성을 들으며 재승은 핸드폰을 걷기 전에 확인했던 내일의 날씨를 떠올렸다.

강수 확률 20퍼센트.

이건 비가 안 온다는 말이나 다름없다. 유튜브를 보며 나름대로 연습했지만 세 번도 성공하지 못했다. 내일 비가 오더라도 수행 평가가 사라지지는 않겠지만 어떻게든 미루고 싶다.

그나저나 이 재수 없는 검은 책은 어떻게 하지.

4교시가 끝나고 혼자 급식을 먹고 교실로 돌아온 재승은 가방에서 검은 책을 꺼냈다.

딱 한 번만 더 해 볼까.

페이지가 또 사라지면 그때는 진짜 버리는 거야.

다행히 오늘은 궁금한 게 있었다. '내일 체육 시간에 비가 올까?'라고 쓴 뒤에 동그라미를 칠지 말지 생각했다. 혹시 'Yes'에 동그라미를 치면 내일 비가 오는 기적이 이루어지려나.

뒷문으로 아이들이 들어오는 바람에 급히 책을 덮었다. 그리고 아이들이 제자리에 앉는 걸 확인한 뒤에 책을 다시 펼쳤다. 아까 썼던 부분을 확인한 순간 속이 울렁거렸다. 토할 듯한 기분에 입을 틀어막았다.

재승이 쓴 질문 밑에 선명한 동그라미가 그려져 있었다.

Yes라는 단어에.

4

다음 날, 운동장에 선 재승은 새파란 하늘을 올려다봤다. 비가 올 가능성은 하루 사이에 10퍼센트로 줄었다. 제기를 들고 동그랗게 모여 앉은 아이들을 향해 담임이 호루라기를 불었다.

"남자들부터 번호순대로 시작한다. 1번 앞으로."

헛웃음이 나왔다. 책에 그려진 대답을 보고 놀랐던 게 부끄러울 지경이다.

Yes는 무슨. 비가 올 날씨가 아니잖아.

남자 1번이 아이들 사이에 섰다. 아이가 비장한 얼굴로 제기를 던진 순간, 하늘에서 우르릉거리는 소리가 들렸다. 제기가 바닥으로 떨어졌다.

"샘! 한 번만 다시 할게요! 소리 때문에 놀라서 그래요. 아, 제발요!"

"한 번만 봐준다. 귀찮게 하지 마라."

제기가 다시 허공으로 떠오른 순간, 아이들이 비명을 질렀다. 난데없는 빗줄기가 아이들의 정수리를 강타했다. 재승은 얼굴이 젖는 줄도 모른 채 하늘을 올려다봤다.

"아, 샘! 한 번만 다시 하면 안 돼요? 저 진짜 열심히 연습했는데. 아, 왜 비가 쳐오고 난리야!"

담임의 외침이 빗소리를 뚫고 울려 퍼졌다.

"오늘 수행 평가는 연기한다. 다들 교실로!"

체육 이론 수업이 시작됐지만 담임의 목소리는 귀에 들어오지 않았다. 검은 책이 내 질문에 대답해 준 걸까? 하지만 그런 일이 어떻게 가능하단 말인가. 단지 우연일지도 모른다. 우리나라 기상청은 날씨 예보를 못하기로 유명하니까. 하지만 검은 책에는 재승이 그리지 않은 동그라미가 생겨 있었다.

그럼 난 질문만 해야 한다는 뜻인가? 답은 검은 책이 주고?

진실을 알아낼 방법은 하나뿐이다.

다시 시험해 보는 수밖에.

재승은 체육 교과서 밑에 숨겨 두었던 검은 책을 꺼냈다. 어제 비에 관한 질문을 적었던 페이지는 역시 사라졌다. 재승은 오늘 날짜가 적힌 페이지를 펼치고 샤프로 질문을 썼다.

Q: 나는 서울에 있는 대학에 갈 수 있을까?

체육복 아래로 심장이 날뛰었다. 과연 어디에 동그라미가 생길까. 그래도 인서울 정도는 할 수 있겠지?

재승은 소리 없는 한숨을 뱉으며 책을 덮었다 펼쳤다.

응?

동그라미가 없잖아.

뭐가 잘못됐을까. 책을 몇 번이나 덮었다 펼쳤지만 미래를 알려 줄 동그라미는 보이지 않았다. 내일 체육 시간에 비가 오냐고 물었을 때는 잽싸게 대답하더니.

그렇다면 설마…… 내일의 일만 알려 주나?

재승은 먼저 썼던 질문을 지우개로 지우고 새로운 질문을 적었다.

Q: 내일 게임 경쟁전에서 내가 승급할 수 있을까?

재승이 한창 빠져 있는 컴퓨터 게임은 온라인상에서 랜덤으로 만난 사람들과 팀을 이루어 경기를 치른다. 그렇기에 실력만큼 운도 중요하고, 그만큼 승급도 점치기 힘들다. 벌써 몇 주째 재승의 등급도 제자리다.

재승은 간절한 마음으로 책을 덮었다 펼쳤다. 검은 책이 마침내 선물한 동그라미를 보는 순간, 마음속에서 기쁨의 비명이 터졌다.

예스!

*

다음 날 밤, 재승은 입을 벌린 채 게임 점수가 나열된 노트북 화면을 쳐다봤다.

이건 말도 안 된다.

승급했다!

승리의 기쁨이 지나간 뒤에도 들뜬 마음은 가라앉지 않았다. 이런 책이 어쩌다 내 손에 들어왔을까. 내일의 일만 예지해 주는 건 아쉽지만 요긴하게 쓸 방법이 있을 것이다. 아무에게도 들키지 않고 소중히 간직해야 한다.

재승은 문득 검은 책에게 이름을 붙여 주고 싶은 생각이 들었다. 신비의 책? 유치하다. 미래 예지의 책? 중2병스럽다. 지금까지 불렀던 대로 검은 책이라고 할까, 그건 좀 심심한데.

고민의 시간은 길지 않았다. 재승은 금세 마음을 정했다.

오늘부터 이 책 이름은 '블랙북'이다.

5

그 뒤로 재승은 날마다 블랙북에 질문을 적었다. 집에 있던 라이터를 책에 들이대고, 물을 살짝 적셔 보고, 질문을 한꺼번에 두세 개 적는 등의 실험도 계속했다. 일주일 동안 블랙북을 관찰한 끝에 재승은 알아낸 내용을 노트북 메모장에 정리했다.

● ● ●　　　　　　　　**블랙북** — 편집됨

1. 블랙북은 전체적으로 검은색이다. 크기는 가로 12cm, 세로 15cm.
2. 오늘 날짜가 적힌 페이지만 하얀색이다.
3. 사용자는 내일에 대한 질문만 쓸 수 있고, 답은 블랙북이 준다.
4. 질문은 하루에 한 개만 쓸 수 있다.
5. 블랙북의 답은 언제나 진실이다.

---

6. 내일이 되면 전날 썼던 페이지는 사라진다.

7. 남은 페이지 수는 올해의 남은 날짜 수와 일치한다.

8. 블랙북은 불에 타지 않고, 물에도 젖지 않는다.

블랙북을 요긴하게 쓰겠다는 포부와 달리 책에 쓸 질문은 금세 동이 났다. 재승은 학교와 집, 학원만 오가는 단조로운 나날을 살고 있었고, 친구도 없는 데다 블랙북에게 절실히 묻고 싶은 고민도 없었으니까. 며칠 동안은 로또 당첨 번호를 알아낼 방법을 진지하게 고민하기도 했지만, 단답형의 대답만 주는 책으로 일곱 개의 숫자를 알아내는 건 무리였다. 그래서 다음 일주일은 블랙북에 똑같은 질문을 적었다.

Q : 내일 로또를 사면 이번 주 토요일에 당첨이 될까?

재승의 간절한 바람을 무시하듯 대답은 한결같았다.

No.

똑같은 질문과 대답에 싫증이 난 재승은 오늘은 새로운 질문을 쓰겠다고 다짐하며 아이들의 뒤통수를 훑었다.

모든 과목 중에서도 제일 지루한 기술 시간.

절반이 넘는 아이들이 다양한 자세로 졸고 있고, 여자애 하나는 아예 엎드려 있다. 모든 수업마다 대놓고 자는 정유주. 선생님들도 벌점을 주기를 포기한 애다.

아이들은 재승이 자신들에게 아무 관심도 없다고 생각하겠지만, 그게 사실이기도 하지만, 재승은 그들의 생각보다 많은 것을 알고 있었다.

보고 싶지 않아도 보이고, 듣고 싶지 않아도 들리는 말들이 있는 법이니까.

예를 들어, 지금 꿈나라를 헤매는 정유주는 아이돌 지망생이다. 늦게까지 아이돌 아카데미에서 연습을 하기 때문에 수업 시간에는 제정신으로 있을 수가 없다고 한다. 그리고 창가 쪽 빈 자리의 주인은 이소진이다. 도서관에서 책 정리를 했던 날, 재승과 더불어 모둠에 끼지 못한 아이다.

1학기 첫날, 담임은 아이들의 아우성에도 불구하고 한 명씩 자기소개를 시켰다. 소진은 작지만 또렷한 목소리로 이렇게 말했다.

제 이름은 이소진. 꿈은 그림책 작가입니다.

사정이 허락한다면 일반고보다는 예고에 가고 싶어요.

소진에게 시선이 머무르는 이유가 그 애의 장래 희망 때문인지, 아니면 유난히 슬퍼 보이는 인상 때문인지는 알 수 없었다. 아마도 첫 번째 이유가 클 것이다. 세상을 떠난 재승의 엄마도 그림책 작가였고, 쉬는 시간마다 자리에서 그림을 끄적이는 소진을 볼 때마다 엄마의 어린 시절을 상상하게 되었으니까.

그렇다고 소진과 친해질 생각은 없었다. 여자애한테 말을 걸었다가는 남자애들의 야유를 받을 게 뻔했고, 소진은 학기 초부터 결석이 잦았다. 무슨 사정인지 한 번 안 오기 시작하면 이삼일은 교실에 나타나지 않았다.

재승은 다시 아이들을 바라봤다. 회장만이 허리를 꼿꼿이 세운 채 칠판을 응시하고 있다. 그 모습을 보고 있자니 임원 선거에서 회장이 했던 말이 떠올랐다. 자기는 초등학생 때부터 결석한 적이 한 번도 없다고, 그만큼 책임감이 투철하니 회장으로 뽑아 달라고.

재승의 머릿속에 엉뚱한 생각이 떠올랐다. 내일 가장 일어나지 않을 법한 일을 블랙북에게 물어보면 어떨까. 회장이 내일 결석할까, 오늘 결석한 이소진이 내일은 학교에 나올까, 정유주가 내일은 졸지 않고 수업을 들을까 같은.

이렇게 신기한 책을 갖게 됐는데 아무것도 안 쓰고 넘어가면 아깝지 않나.

쉬는 시간이 되자 아이들은 책상 위로 우르르 쓰러졌다. 재승은 어떤 질문을 쓸지 마음을 정하지 못한 채 회장의 자리로 갔다.

"회장, 궁금한 게 있는데."

얼룩 하나 없는 안경 아래로 까만 눈동자가 반짝였다. 자신에게 말을 건 사람이 재승이라는 것을 못 믿겠다는 표정이다.

"뭔데?"

"너 내일도 학교 오지? 여행 간다거나 그런 일은 없지?"

"당연하지! 난 지금까지 체험 학습도 쓴 적이 없어. 내가 학교 빠지는 걸 워낙 싫어해서 우리 가족은 여행도 방학 때만 가. 근데 왜?"

"아냐, 그냥 물어봤어."

회장에 대한 질문은 아무래도 재미가 없어 보인다. 재승은 자리로 돌아왔지만 회장은 여전히 고개를 돌린 채 재승을 쳐다보고 있다.

왜 저러지? 난 이제 볼일 없는데.

회장이 벌떡 일어나는 바람에 재승은 움찔했다. 회장은 책상에 쓰러진 아이들을 지나 재승에게 다가왔다.

"박재승. 너 오늘 학원 가는 날이야?"

"응."

"몇 시에 가는데?"

"여섯 시."

회장이 고른 치아를 드러내며 활짝 웃었다.

"그럼 수업 끝나고 같이 제기 연습하자!"

"제기를 정확히 위로 차! 시선은 계속 제기를 보고! 아니, 고개까지 왔다 갔다 하면 안 되지! 힘내, 박재승! 제기한테 지지 마!"

결국 다리가 꼬여 운동장에 엉덩방아를 찧었다. 블랙북에 정신이 팔린 나머지 체육 수행 평가가 이번 주로 미뤄졌다는 걸 잊고 있었다. 회장은 제기차기의 기술을 쉬지 않고 알려 주면서도 다리는 기계적으로 움직이고 있다.

"박재승! 내 별명이 뭔지 알아?"

"몰라."

"수행킹! 1학년 때부터 내 수행 평가는 다 최고 등급이야!"

"좋겠네."

"내일도 점심 먹고 같이 연습하자!"

"괜찮아, 내가 알아서 할게."

재승은 물통에 남은 물을 탈탈 털어 가며 마셨다. 움직인 건 다리인데 손까지 떨린다. 회장도 제기를 내려놓고 옆에 앉왔다.

재승은 짐짓 별일 아닌 척 물었다.

"오늘 결석한 애 말이야. 걔는 문제가 뭐야?"

"결석한 애? 아, 이소진?"

"한 번 결석하면 며칠 동안 안 나오지 않나? 어디 아픈 데라도 있어?"

"글쎄, 나도 같이 얘기해 본 적은 없어서 모르겠는데."

"너는 알 줄 알았지. 네 선거 공약이 하나 되는 우리 반. 뭐 그런 거 아니었나?"

회장의 입가에 걸려 있던 미소가 사라졌다. 기분을 상하게 할 의도는 없었다. 그저 회장은 반에서 벌어지는 모든 일을 알고 있을 줄 알았다.

"그런 말을 들으니까 찔리네. 나름 열심히 하고 있다고 생각했는데. 네 말대로 진짜 아픈 데가 있는지도 모르겠다! 너까지 이렇게 이소진을 걱정하는데."

회장의 급발진에 땀에 젖은 등이 서늘해졌다. 회장이 바닥에 떨어진 제기를 재승의 손에 쥐여 주었다.

"우리가 같이 알아보자!"

*

아침잠이 없는 재승이었지만 오늘따라 더 일찍 일어난 이유
는 기대감 때문이었을 것이다.

블랙북이 이번에도 진실을 말해 줬을까 하는 기대감.

어젯밤, 재승은 블랙북에 쓸 질문을 고민하다 결국 소진이
내일은 학교에 오는지 물었다. 그리고 블랙북은 예상과 달리
Yes라는 대답을 주었다. 덕분에 재승은 누군가 교실로 들어올
때마다 고개를 돌렸지만 소진은 나타나지 않았다.

조회가 끝날 때까지도, 1교시가 끝날 때까지도.

재승은 점점 혼란스러워졌다. 지금까지 블랙북이 맞혔던 미
래는 모두 우연이었나. 소진이 오늘 학교에 오지 않는다면 블
랙북의 대답을 계속 믿어야 하나.

4교시가 끝나 갈 무렵, 초조함은 극에 달했다. 소진을 기다
리느라 수업에는 조금도 집중하지 못했다. 그때 교실 뒷문이
열렸다.

소진이다.

소진의 모습을 본 순간, 반가움과 안도감이 밀려들었다. 아
이들은 자신의 자리로 향하는 소진을 흘끔거렸지만, 소진을 가
장 열심히 관찰하는 사람은 재승이었다.

뭔가 달라 보이는데.

선생님도 같은 생각을 했는지 말을 멈추고 소진을 주시했다.
4교시는 하필이면 깐깐하기로 유명한 역사 선생님 시간이었다.

"지금이 몇 시야? 넌 4교시가 끝나 가는데 점심 먹으러 학교
오니? 아니, 늦게까지 푹 주무셨으니까 아침 드시러 왔나?"

몇몇 아이들이 웃음을 터뜨렸다. 선생님의 질타는 계속 이어
졌다.

"넌 3학년이 교복 규정도 몰라? 누가 교복 치마에 검은 스타
킹 신으래?"

단발머리 아래로 드러난 목덜미가 빨갛다. 귓바퀴도 안쓰러
울 만큼 불타고 있다. 애타게 기다렸던 소진이 궁지에 몰리자
재승은 자기도 모르게 손을 들었다.

"늦게 올 만한 사정이 있었겠죠."

선생님의 황당한 시선과 우어어어 하는 아이들의 외침이 재
승에게 쏟아졌다.

이런 건 질색인데. 이번에는 재승의 얼굴이 달아올랐다.

"무슨 사정?"

"아파서 병원에 다녀왔을지도 모르니까요."

선생님의 다음 말은 종소리에 묻혀 버렸다. 소진은 선생님이
나가자마자 책상에 엎드렸다. 급식을 먹으러 학교에 왔느냐는

빈정거림은 확실히 방향을 잘못 짚었다. 소진은 급식을 먹으러 갈 생각이 없어 보였으니까.

"박재승!"

회장이 재승의 책상 옆에 서 있었다.

"응."

"점심 먹으러 안 가? 같이 가자."

"넌 같이 먹는 애들 있잖아."

"만날 걔들이랑 먹으라는 법 있냐? 오늘은 너랑 갈래."

재승은 엎드려 있는 소진을 흘끔거리며 일어났다. 어제 나눴던 얘기 때문인지 회장도 소진을 주시하고 있다.

"너 아까 멋있던데? 이소진도 깨워서 같이 가자고 할까?"

재승은 잠시 망설였지만 결국 회장의 어깨를 밀었다.

"그냥 우리끼리 가."

회장은 같은 반 남자애들이 모여 앉은 곳에 자리를 잡았다. 먼저 급식을 먹기 시작한 애들 입에서 '포켓몬'이라는 단어가 간간이 튀어나왔다. 회장이 한 남자애에게 물었다.

"요즘도 포켓몬 잡으러 다니는구나?"

키가 유난히 작고 이목구비가 동글동글한 아이. 쟤 이름이 뭐였더라. 교복 조끼에 붙은 이름표에는 '김형민'이라고 써 있다. 형민은 신나게 고개를 끄덕였다.

"한동안 시들했는데 요즘 다시 해. 내일 이로치가 뜬대서 학원 가기 전에 돌아다녀 보려고."

재승은 형민을 물끄러미 쳐다봤다.

중학생도 포켓몬을 하나.

재승도 초등학생 때는 포켓몬을 잡으려고 핸드폰을 들고 동네를 누빈 적이 있었다. 캐릭터 카드를 사는 데 용돈을 탕진하기도 했다. 형민이 말한 '이로치'란 원래 모습과는 색이 다른 포켓몬으로 잡을 확률이 5퍼센트 미만인 귀한 녀석이다. 포켓몬 어플은 핸드폰에서 지운 지 오래지만 이로치가 잡히길 기대하며 집을 나설 때의 설렘과 원하던 녀석을 잡았을 때의 기쁨은 여전히 생생했다.

형민이 허공을 보며 중얼거렸다.

"아, 그냥 가지 말까? 안 뜨면 시간만 날리는데."

그렇지. 실컷 돌아다녔는데 못 잡으면 그렇게 허탈할 수가 없었지.

회장이 재승에게 물었다.

"너도 포켓몬 좋아해?"

"아니. 나 먼저 간다."

교실로 돌아오자 엎드려 있는 두 여자아이가 보였다. 그것도 같은 줄에서 이소진은 창가, 정유주는 복도 쪽이다. 소진은 늦게 왔으니 그렇다 치고 쟤는 밥도 안 먹나. 아이돌 아카데미에서 뭘 그렇게 시키길래.

어쨌든 지금은 블랙북을 펼쳐도 안전한 타이밍이다. 재승은 뒷문을 흘끔거리며 가방에서 블랙북을 꺼냈다. 그리고 오늘 날짜가 적힌 페이지에 질문을 썼다.

Q: 우리 반 김형민은 내일 이로치 포켓몬을 잡을 수 있을까?

주변을 살핀 뒤 책을 덮었다 펼쳤다. 답을 확인한 재승은 하품을 하며 천장을 올려다봤다.

나도 다시 포켓몬이나 해 볼까.

6

형민은 교실에 들어오자마자 재승의 얼굴 앞에 핸드폰을 들이댔다. 상어를 닮은 파란색 포켓몬이 화면 속에서 입을 벌리고 있다.

"박재승! 나 어제 진짜 잡았어!"

"잡는다고 했잖아."

"이로치 뜨는 거 어떻게 알았어? 네가 가라고 안 했으면 포기했을지도 몰라."

"그냥 느낌이 왔어."

"무슨 느낌?"

형민에게 붙잡혀 있는 동안 소진이 뒷문으로 들어왔다. 어제 스타킹 때문에 지적을 받아서인지 체육복 바지를 입고 있다. 하지만 오늘은 체육 수업이 없는 날이고, 남서중학교는 체육 수업이 없는 날에는 교복을 제대로 착용해야 한다.

상의는 블라우스와 조끼, 하의는 체육복 바지라니 보기 좋은 차림새는 아니지만 자리에서 일어서지 않는 이상 들키지 않을지도 모른다.

"박재승! 내가 묻고 있잖아. 무슨 느낌이 왔는데? 응?"

"난 그냥 느낌이 와. 됐어?"

"다음에도 이로치가 뜰까?"

"한 번만 물어봐 줄래?"

"그럼 다음에 또 물어볼게!"

형민이 사라지자 앞자리에 앉은 윤미가 고개를 돌렸다. 입을 열기만 하면 아이돌 얘기만 떠드는 여자애다. 윤미는 속눈썹을 깜박이며 비장하게 말했다.

"오늘 내 최애 열애설 뜬 거 봤지?"

"아니."

"넌 인터넷도 안 봐? 어떻게 그걸 모르냐?"

"원하는 게 뭔데?"

"그 열애설 진짤까? 둘이 완전 안 어울리는데!"

"그걸 왜 나한테 물어봐?"

"방금 김형민이랑 얘기할 때 그랬잖아. 넌 느낌이 딱 온다며!"

아빠가 준 영양제가 목에 걸렸을 때처럼 답답해졌다. 이로치의 포획 여부를 알아봐 줬던 건 재승도 포켓몬에 대한 추억이 있었기 때문이다. 하지만 아이돌의 세계에는 관심도 없을뿐더러 윤미의 최애가 누군지도 모른다.

윤미는 여전히 재승을 향해 눈빛 레이저를 쏘아 댔다. 대답하지 않으면 계속 괴롭힐 모양새다.

"기사 뜬 거 보여 줘."

윤미가 잽싸게 핸드폰을 내밀었다. 마스크와 모자로 얼굴을 가린 두 남녀가 가로등 밑에서 어깨동무를 하고 있다.

사귀는 게 아니면 왜 이러고 있는데.

"이 열애설 진짜야. 이 사람들이 인정 안 하더라도."

윤미는 짧은 한숨을 토해 내더니 나라를 잃은 듯한 얼굴로 고개를 돌렸다.

그때는 알지 못했다.

두 아이돌은 며칠 뒤 열애설을 당당하게 인정했고, 재승이 신기가 있다고 확신한 윤미가 무당 세트를 가져와 재승을 들볶을 줄은.

Q

이 모둠,
맞는 조합일까?

1

국어 수행 평가 / 모둠별 단편 영화 촬영

주제 : 우리들의 삶

제출 기한 : 6월 15일 국어 시간 전까지

칠판에 적힌 글씨를 보는 순간 가슴이 죄어들었다. 수행 평가가 싫은 건 마찬가지인지 다들 한숨을 내뿜고 있다.

"이번 수행 평가는 네다섯 명씩 모둠을 짜서 10분 내외의 단편 영화를 만든다. 오늘은 다른 청소년들이 만든 단편 영화를 두 편 감상할 텐데, 이걸 보면 단편 영화가 뭔지 감이 잡힐 거야."

국어 선생님은 텔레비전의 전원을 켜며 말을 이었다.

"모둠원들의 역할은 시나리오, 콘티, 촬영, 연출, 연기로 나뉠 텐데 인원이 부족하니까 한 사람이 역할을 몇 개씩 맡게 되기도 하겠지? 가장 주의해야 할 점은 시나리오가 빨리 나와야 한다는 것! 그리고 제출 기한을 어기는 모둠은 무조건 최하점이다!"

한 아이가 물었다.

"콘티가 뭐예요?"

"촬영할 장면을 표현한 그림을 넣고, 장면에 대한 설명이 간단히 들어가기도 하지. 다음 시간까지 모둠을 짜고 그중에서 시나리오를 쓸 사람도 반드시 정하도록. 시나리오와 콘티 작성법은 다음 시간부터 알려 줄게. 1반 회장이 누구더라?"

"저예요!"

회장이 손을 들었다.

"모둠에 못 낀 친구들은 회장이 반드시 챙겨. 아, 촬영은 핸드폰으로도 얼마든지 할 수 있으니 걱정하지 말고."

걱정하지 말라니, 말은 참 쉽다.

모둠 수행 평가는 재승이 제일 싫어하는 학교 활동이었다. 친구가 없으니 모둠에 들어가기도 힘들뿐더러 간신히 모둠에 끼어 봤자 열심히 하는 아이는 한두 명 정도다. 재승도 열정적으로 참여한 적은 없지만 그래도 폐를 끼친 기억은 없다. 가장 불만인 건 열심히 한 녀석이나 그렇지 않은 녀석이나 똑같은 점수를 받는, 그야말로 불공평한 시스템이라는 것이다.

수업이 끝나자 아이들은 분주하게 움직였다. 싫다고 투덜댈 때는 언제고 수행 평가라니 점수는 잘 받고 싶은 모양이다. 혼자 다니는 게 편하지만 이럴 때는 난처하다. 재승은 모둠이 착착 짜여지는 모습을 태연하게 지켜봤지만 마음은 그렇지 못했다.

국어 지필 고사는 자신 없는데. 수행 점수는 무조건 잘 받아야 하는데.

아빠가 원하는 외고에 반드시 가고 싶은 건 아니지만, 국어 점수가 나쁘면 외고 진학은 생각도 할 수 없다.

교탁 옆에서 아이들을 흐뭇하게 쳐다보던 회장과 재승의 시선이 마주쳤다. 회장이 재승에게 걸어왔다.

"박재승, 모둠 같이하자!"

지금은 이것저것 가릴 때가 아니다. 게다가 회장의 별명이 뭐랬지. 수행왕, 아니 수행킹이었나? 회장과 같은 모둠이 된다면 높은 점수는 따 놓은 당상일지도 모른다.

"그래."

"음, 네다섯 명이라고 했으니까 우리랑 이소진, 그리고…….
일단 이소진한테 물어볼게!"

회장은 재승의 의견은 듣지도 않고 소진의 자리로 갔다. 회장과 대화를 나누던 소진이 재승 쪽으로 얼굴을 돌렸다. 블랙 북에 소진에 대해 썼던 질문이 떠올라 재승은 자기도 모르게 시선을 피했다. 회장이 다시 돌아왔다.

"이소진도 좋대. 다음에는 누구한테 물어보지?"

회장이 아이들을 향해 외쳤다.

"혹시 모둠 못 들어간 사람은 우리한테 와! 우리 모둠은 나 랑 박재승, 이소진이야!"

얼굴이 화끈거렸다. 이쪽을 쳐다보는 사람은 아무도 없다.

"우리 셋은 부족한데…… 아! 정유주한테 물어보자. 남자 둘, 여자 둘이면 딱 좋잖아."

진심이야?

만날 엎어져 있는 정유주가 모둠 활동에 열심일 리 없잖아.

하지만 회장은 유주의 자리로 떠난 뒤였다. 유주가 몸을 일 으키며 얼굴을 뒤덮은 긴 머리카락을 쓸어 넘겼다. 주먹만 한 얼굴에 눈코입이 다 들어 있는 걸 보니 아이돌 지망생이 맞긴 한 모양이다. 시선을 뗄 수 없을 만큼 예쁜 얼굴이지만 표정에 는 짜증이 잔뜩 묻어 있다. 유주는 고개를 끄덕인 뒤 다시 책상 위로 쓰러졌다.

회장은 유주 대신 소진을 데리고 돌아왔다.

"정유주도 같이 한대. 어떤 역할이든 상관없으니까 남는 걸

하겠대. 연습장 좀 빌려줄래?"

회장은 재승의 연습장에 글씨를 썼다.

"시나리오, 콘티, 촬영, 연출, 연기. 여기에서 연기는 주연 배우를 말하지만 인원이 부족하니 우리도 돌아가면서 출연해야 할 거야. 어쨌든 이 중에서 특별히 하고 싶은 역할이 있는 사람?"

재승의 책상 옆에 로봇처럼 서 있던 소진이 고개를 저었다.

"그럼 촬영과 연출은 내가 맡을게. 엄마가 예전에 사진 스튜디오를 하셔서 집에 간단한 장비가 남아 있거든. 편집이랑 배경 음악 까는 것도 할 수 있어. 나 이래 봬도 유튜버거든."

"네가?"

회장과 유튜버라니. 그렇게 안 어울리는 단어가 또 있을까.

"지금은 바빠서 그만뒀는데 6학년 때까지만 해도 열심히 했어. 수업 끝나고 핸드폰 받으면 보여 줄게. 그럼 너희 둘은 어떤 역할을 할래?"

남은 건 시나리오, 콘티, 연기다. 연기는 생각도 하기 싫으니 시나리오나 콘티를 맡아야 하는데 콘티보다는 백 퍼센트 창작을 해야 하는 시나리오가 훨씬 어려울 것이다.

"내가 콘티 쓸게."

"나는 콘티…….."

회장이 유쾌하게 말했다.

"이럴 때는 가위바위보가 국룰이지. 얼른 해!"

"아니야, 내가 시나리오 써도 돼. 박재승, 네가 콘티 해."

소진의 빠른 양보에 얼굴이 뜨거워졌다. 재승은 자기가 무슨 말을 하는지도 모른 채 중얼거렸다.

"그냥 내가 시나리오 쓸게. 생각해 둔 소재도 있고."

장난해? 그런 거 없잖아.

뒤늦은 후회가 밀려왔지만 뱉은 말을 주워 담을 수는 없다. 선생님은 10분짜리 단편 영화면 시나리오를 열 장은 써야 한다고 했다. 그렇게 긴 글을 써 본 적도 없을뿐더러 소재도 떠오르지 않는다.

반장이 말했다.

"그럼 주연 배우는 유주가 해야겠네. 박재승, 시나리오가 빨리 나와야 한다고 선생님이 말씀하셨던 거 들었지? 벌써 4월 말이니까 시간이 많은 게 아냐. 일단 소재를 정하고 우리랑 상의하면……."

"벌써 잔소리냐? 알아서 할 테니까 걱정하지 마."

과연 그럴 수 있을까.

핸드폰을 돌려받은 회장은 약속대로 자신의 유튜브 채널을
보여 줬다.

동영상 제목은 '으라차차 건강 체조 - 치매 예방 편'.

아이들이 모두 떠난 교실에 요란한 음악이 울려 퍼졌다. 핸
드폰 화면 속에서는 노란 티셔츠에 하얀 반바지, 무릎까지 오
는 줄무늬 양말을 신은 어린 회장이 체조와 춤이 뒤섞인 이상
야릇한 동작을 하고 있다. 창피하지도 않은지 회장은 핸드폰에
시선을 고정한 채 계속 떠들었다.

"귀엽지? 어릴 때는 엄마가 꼭 파마를 시켜 줬어. 이때는 시
력도 좋아서 안경도 안 썼지."

재승이 물었다.

"이걸…… 몇 살 때까지 찍었다고?"

"6학년."

"6학년 때도 이 옷을 입었……."

"당연하지! 옷이 갑자기 바뀌면 구독자들이 낯설어하거든."

구독자를 배려하기에는 그 수가 안타까울 정도로 낮았지만,
재승은 굳이 그 점을 지적하지는 않았다.

"아까 우리 엄마가 사진 스튜디오를 하셨다고 했잖아. 거기

에서 이 주일에 한 번씩 찍었어. 처음에는 업로드만 내가 했는데 나중에는 촬영하고 편집하는 기술도 엄마한테 배웠지. 그러니까 이번 영화 연출도 잘할 수 있어."

회장이 입을 다물자 어색한 침묵이 찾아왔다. 침묵을 깬 사람은 뜻밖에도 소진이었다.

"저기…… 고마워. 나한테도 같이 하자고 해 줘서."

"아냐, 박재승이랑 둘만 하려니까 인원이 부족하기도 했고, 얘가 너한테 궁금한 게 많더라고."

"아!"

생각지도 못한 말에 심장이 정신없이 뛰었다. 이렇게 눈치 없는 녀석은 처음이다.

"맞잖아. 소진이가 왜 자꾸 결석하는지 궁금해했으면서. 나도 회장으로서 알고 싶기도……."

"고마워. 너희한테 피해 안 되게 최선을 다할게."

소진이 붉어진 얼굴로 시선을 떨어뜨렸다. 재승은 그제야 소진의 얼굴을 유심히 쳐다봤다. 속쌍꺼풀이 진 커다란 눈, 오뚝하고 긴 콧날과 얇은 입술.

가까이에서 보니 훨씬 예쁜 얼굴이다.

소진이 갑자기 고개를 드는 바람에 둘의 시선이 마주쳤다. 소진도 재승만큼 민망했는지 괜히 체육복 소매를 걷어 올렸다.

간신히 잦아들던 재승의 심장이 다시 한번 요동쳤다.

소진의 가느다란 손목에 검붉은 멍이 들어 있었다.

2

며칠 뒤, 화장실에서 돌아오던 재승을 윤미와 서연이 멈춰
세웠다. 윤미가 다짜고짜 말했다.

"박도령, 점 한 번만 다시 봐 줘!"

"이번엔 또 뭔데?"

윤미가 팔꿈치로 서연을 찔렀다. 서연은 한참을 우물쭈물하
며 재승의 인내심을 시험하더니 마침내 입을 열었다.

"그게…… 내가 우리 반에 좋아하는 애가 있어서 고백할 거
거든? 그럼 걔가…… 나랑 사귄다고 할까?"

"좋아하는 애가 누군데?"

서연이 까치발을 하고 재승의 귀에 속삭였다.

"김형민? 포켓몬 잡으러 다니는 애?"

"야, 그렇게 크게 말하면 어떡해!"

윤미가 끼어들었다.

"박도령, 너한테는 별로 어려운 일도 아니잖아. 어때? 최서연
이랑 김형민이랑 같이 다니는 게 눈에 보여?"

"사귀지 않아도 충분히 같이 다닐 수는 있지."

교실로 들어가려는데 둘이서 재승의 팔을 잡아당겼다. 서연
이 징징대기 시작했다.

"야, 박도령! 남의 비밀만 듣고 그냥 가면 어떡해! 점 봐 주
면 나도 보답할게!"

"어떻게 보답할 건데?"

"뭐…… 내가 뭐라도 한번 쏘든가…….'"

복도에 난 창문으로 소진이 보였다. 어제 봤던 손목의 멍은
뭘까. 어딘가에 부딪쳐서 생겼다기에는 멍이 양쪽 손목에 똑같
은 형태로 들어 있었다.

누군가 소진의 손목을 잡고 거칠게 흔든 것처럼.

블랙북을 발견한 뒤로 한 번도 떠올리지 않았던 어린 시절
의 기억이 재승의 마음속을 스멀거리기 시작했다.

"알았어. 대신 너희도 보답한댔지? 오늘부터 이소진이랑 급
식 먹어."

윤미가 말했다.

"엥? 걔는 원래 점심 안 먹어."

"같이 먹을 사람이 없어서 그러는지도 모르잖아. 그러니까 너희가 같이 먹어 줘."

서연이 얼굴을 찡그렸다.

"오늘만 하면 돼? 걔랑 얘기해 본 적도 없는데."

"아니, 계속. 싫으면 말고. 대신 점은 못 봐 줘."

윤미와 서연이 속닥이는 동안 재승의 시선은 다시 교실로 향했다. 며칠 전 소진이 신고 온 검은 스타킹도 혹시 어떤 상처를 가리기 위해서였을까. 치마 대신 체육복 바지를 입은 것도 그래서일까.

창밖을 응시하는 소진의 모습에서 어린 시절의 자신이 보였다. 재승도 아빠가 오기만을 기다리며 작은 창문으로 보이는 똑같은 풍경을 속절없이 바라봤다. 그 기억을 떠올리자 호흡이 가빠지며 가슴이 답답해졌다. 교과서와 공책 따위가 어지럽게 널린 책상들을 보자 정리를 하고 싶어 미칠 것 같았다.

윤미가 재승의 팔을 흔들었다.

"알았어, 같이 먹을게. 대신 김형민한테는 절대 비밀이야."

서연이 물었다.

"그래서 점괘는 언제 나와?"

윤미와 서연은 약속을 지켰다. 점심시간이 되자 둘은 쭈뼛거리며 소진에게 다가갔다. 윤미와 서연의 성화에 소진은 결국 몸을 일으켰다.

"와, 진짜 잘됐다!"

회장의 목소리에 재승은 의자에서 튀어오를 뻔했다.

"소리 좀 내고 다닐래? 놀랐잖아."

"우리도 밥 먹으러 가자."

"먼저 가. 화장실 들렀다 따라갈게."

회장까지 나가자 교실에는 재승과 엎드려 있는 유주만 남았다. 오늘은 고모가 집에 오는 날이라 블랙북을 학교에 가져왔다.

재승은 유주의 등을 쳐다보다 가방에서 블랙북을 꺼냈다.

Q : 최서연이 내일 김형민한테 고백하면 사귈 수 있을까?

블랙북의 대답을 확인한 뒤 급식실로 내려갔다. 식판을 들고 회장 쪽으로 가던 중 세 여자아이의 모습이 눈에 들어왔다.

"야, 최서연."

재승은 허리를 굽히고 서연의 귓가에 속삭였다.

"내일 고백해. 그럼 성공할 거야."

서연의 환호성이 급식실의 소음을 뚫고 울려 퍼졌다.

"아싸!"

3

　재승은 노트북 모니터의 하얀 화면을 다시 한번 노려봤다. 시나리오를 시작해야 하는데 도대체 뭘 써야 할지 모르겠다. 선생님이 국어 시간에 보여 준 단편 영화들은 학교 폭력으로 소외된 아이들의 이야기였다. 학교 폭력보다는 좀 더 독특한 소재를 찾고 싶은데 머릿속은 눈앞의 화면처럼 텅 비어 있다.

　답답한 마음에 먼지 하나 없는 책상을 다시 한번 정리했지만 깨끗한 책상 위에서 기발한 아이디어가 솟아오르지는 않았다. 작가들은 도대체 어디에서 영감을 얻나 생각하며 블랙북을 꺼냈다. 블랙북이 날마다 소원을 하나씩 들어주는 책이었다면 시나리오나 써 달라고 부탁했을 텐데.

　블랙북을 펼치려는데 카톡음이 울렸다. 서연이다.

오후 9:10

곧이어 해맑게 웃는 판다 이모티콘이 떴다.

오후 9:11 잘됐네. 약속이나 쭉 지켜라.

더 이상 방해받지 않기 위해 핸드폰을 무음 모드로 돌렸다. 오늘은 블랙북에게 소진의 상처에 대해 물어볼 생각이다. 어떤 식으로 물어야 원하는 답을 받을 수 있을까 고민하며 블랙북을 펼친 순간, 책장 사이에서 강렬한 빛이 터졌다. 비명을 지를 틈도 없었다. 눈도 뜰 수 없을 만큼 강한 빛에 얼굴을 찡그리며 의자에서 일어났다. 바퀴 달린 의자가 뒤로 밀려나며 벽에 부딪쳤다. 재승은 손바닥으로 얼굴을 가린 채 숨을 몰아쉬었다.

무슨 일이지? 뭐가 어떻게 된 거야.

손가락을 살짝 벌리자 익숙한 방바닥이 보였다. 눈부신 빛은 사라졌다. 블랙북은 아까처럼 책상에 펼쳐져 있었지만 책장 사이에 무언가 있었다.

꽃.

떨리는 손이 다홍색 튤립을 집었다. 책 사이에서 나왔다는 것이 믿을 수 없을 정도로 꽃은 완벽한 형태를 자랑했다. 진짜 꽃인가 싶어 코를 대자 싱그러운 향기가 밀려들었다.

왜 꽃이 튀어나왔을까. 지금까지 이런 적은 없었는데.

재승은 블랙북에 적힌 오늘 날짜를 바라봤다.

05. 01

블랙북을 발견하고 처음 맞는 새로운 달이다. 블랙북을 처음 발견한 날짜는 4월 8일이었으니까.

혹시 새로운 달의 첫날이라 꽃 선물을 줬나.

그렇다면 왜 하필 튤립이지.

손가락 사이에 꽃을 끼우고 빙글빙글 돌리다 핸드폰을 들었다. 검색 사이트에 '5월 튤립'이라는 단어를 입력하고 정보들을 훑던 중 '월별 탄생화'라는 제목의 글을 발견하고 클릭했다. 재승이 받은 튤립은 5월의 탄생화였다. 꽃말은 사랑 고백, 매혹, 영원한 애정이라는 오글거리는 단어들이다.

그럼 6월 1일에는 6월의 탄생화인 장미가 튀어나오나?

진실을 알려면 6월까지 기다려야겠지만, 재승은 노트북 메모장에 정리했던 글에 새로운 항목을 덧붙였다.

1. 블랙북은 전체적으로 검은색이다. 크기는 가로 12cm, 세로 15cm.

2. 오늘 날짜가 적힌 페이지만 하얀색이다.

3. 사용자는 내일에 대한 질문만 쓸 수 있고, 답은 블랙북이 준다.

4. 질문은 하루에 한 개만 쓸 수 있다.

5. 블랙북의 답은 언제나 진실이다.

6. 내일이 되면 전날 썼던 페이지는 사라진다.

7. 남은 페이지 수는 올해의 남은 날짜 수와 일치한다.

8. 블랙북은 불에 타지 않고, 물에도 젖지 않는다.

+추가

9. 매월 첫날, 블랙북은 이달의 탄생화를 선물한다.

그나저나 이 꽃은 어쩌지. 꽃 대신 오만 원짜리 지폐라도 주면 요긴하게 쓸 텐데.

연필꽂이의 빈칸에 튤립을 꽂은 순간, 아이디어가 떠올랐다. 블랙북의 이야기를 살짝 바꿔서 시나리오를 쓴다면?

집에서도 학교에서도 소외받는 외톨이 여자아이가 학교 분리수거장에서 책 한 권을 발견한다. 표지는 물론 내지와 가름끈마저 검은색인 책. 책의 내지는 오늘 날짜가 적힌 곳만 하얗게 변하고, 우연히 그곳에 소원을 적자 다음 날 그 소원이 이루어진다. 책의 활용법을 알아낸 여자아이는 날마다 소원을 적기 시작한다. 지긋지긋한 학원, 자신에게 관심 없는 부모님을 사라지게 만들고, 결국에는 밉기만 했던 반 아이들까지 소멸시킨다.

그다음에는?

아예 주인공도 세상에서 사라지게 만들까. 그런데 블랙북의 이야기를 다른 아이들도 보게 될 영화에 써도 되나.

괜찮을 것이다.

블랙북에 대해 아는 사람은 아무도 없는 데다 진짜 블랙북은 소원을 들어주는 책이 아니니까.

재승은 그렇게 확신했고, 몇 달 뒤에 이 시나리오로 어떤 위험에 빠질지는 상상하지 못했다.

일단 모둠원들과 시나리오 소재를 상의해야 한다. 간신히 완성했는데 별로라고 하면 곤란하니까. 재승은 한결 가벼워진 마음으로 방을 나갔다. 아빠가 거실 바닥에 앉아 뉴스를 보며 빨래를 개고 있었다.

"팔아야 하나 말아야 하나. 자고 일어나면 떨어질 것도 같은데 알 수가 없네. 존버냐 손절이냐, 그것이 문제로다."

"무슨 말이에요?"

"주식. 내가 사면 떨어지고 내가 팔면 오르잖냐. 너희 고모가 주식으로 돈 번 사람 없다고 했는데 진짜 때려치워야 하나."

"아빠가 갖고 있는 주식 이름이 뭔데?"

"이송 중공업."

"그게 진짜 궁금해요?"

후줄근한 티셔츠 위로 튀어나온 배와 휑한 정수리를 내려다보고 있자니 마음이 짠해졌다. 오늘은 소진에 대해 쓰려고 했지만 하루 정도는 늦게 물어도 괜찮을 것이다.

재승은 방으로 들어가 블랙북에 질문을 썼다. 그리고 답을 확인한 뒤 다시 거실로 나갔다.

"그 주식 말이야. 내일은 떨어지니까 오늘 꼭 팔아요."

"안 돼. 계속 오르고 있어."

"내일은 떨어질 거 같다며? 아빠도 불안하니까 물어본 거 아냐? 떨어지니까 당장 팔아요."

"왜 이렇게 진지해? 너 신내림이라도 받았냐?"

유치한 농담을 해 놓고 자기가 낄낄거리는 모습에 재승도 피식 웃어 버렸지만 결과를 안 이상 물러설 수는 없다. 재승은 소파에 있던 아빠 핸드폰을 집어 건넸다.

"얼른 파세요. 내가 확인할 거야."

"아, 가만있어 봐. 생각 좀 해 보고."

"빨리 팔라니까!"

재승은 실눈을 뜨고 아빠 핸드폰에 뜬 매도 화면을 확인했다.

"됐냐? 오르기만 해 봐!"

"그럴 일 없어요."

"너 소름 돋게 왜 그러냐. 이러다가 진짜 작두 타는 거 아냐? 그나저나 재승아, 이번 달에는 꼭 엄마 보러 가자."

"안 가요."

"고집부리지 말고 같이 가자. 엄마가 너 보고 싶어 할 텐데."

"그게 말이 돼? 안 갈 거니까 그만 얘기해요."

아빠의 잔소리를 피해 방으로 들어왔다. 불을 끄고 침대에 누웠지만 마음이 편하지 않았다. 초등학생 때만 해도 별생각 없이 엄마의 유골함이 있는 추모 공원에 따라갔지만 중학생이 되면서부터는 거부했다.

재승의 엄마는 임신 중에 큰 병에 걸린 것을 알았다. 병원에서는 아기를 포기하고 치료에 전념하자고 했지만 엄마는 완강했다. 엄마는 결국 재승을 낳았지만 그날을 못 넘기고 죽었다. 재승은 아빠가 들려준 이야기를 떠올리다 두 손으로 눈가를 짓눌렀다.

늘 이런 식이다. 엄마에 대한 생각이 끼어들 틈을 주면 안 된다.

차라리 나를 포기했으면 좋았을 텐데. 그랬다면 내 생일이 엄마 기일이 되는 끔찍한 일은 벌어지지 않았을 텐데.

재승은 엄마를 떠올릴 때마다 어떤 감정을 느껴야 옳은 건지 알 수가 없었다. 엄마를 향한 원망과 그리움, 혹은 미안함은 엄마의 죽음이라는 엄청난 일 앞에서는 다 무용하고 보잘것없게만 느껴졌다.

결국 그날 밤도 재승은 쉽게 잠들지 못하고 몸을 뒤척였다.

4

"좋아! 난 마음에 드는데? 영화 제목도 '블랙북'으로 하면 되
겠다!"

회장의 목소리가 봄볕이 내리쬐는 운동장에 울렸다. 종례가
끝나고 모둠원들이 한자리에 모였다. 시나리오가 완성되면 끼
겠다는 유주도 회장이 간신히 데려왔다.

소진이 말했다.

"나도 좋아. 주인공까지 사라지는 결말도 인상적이고."

아이들의 시선은 아직 아무 의견도 내지 않은 유주에게 향
했다. 재승은 유주의 심드렁한 표정이 아까부터 거슬리던 참이
었다.

아무리 뛰어난 시나리오라도 주연 배우의 연기가 엉망이면
끝이다. 수업 시간에 봤던 단편 영화들에서도 가장 아쉬운 부

분은 출연자들의 연기였다. 아마추어들이 배우 흉내를 내고 있다는 생각이 영화를 보는 내내 떠나지 않았다. 과연 유주가 블랙북의 사용법을 알았을 때의 복잡한 심정을 제대로 표현할 수 있을까.

"마음대로 해. 결말도 해피 엔딩이든 아니든 상관없고."

성의 없는 대답이지만 마음이 놓였다. 한 명이라도 태클을 걸면 골치가 아팠을 테니까.

유주가 가방을 들고 일어났다.

"이제 가도 되지? 시나리오 나오면 그때 다시 불러."

유주가 사라지자 회장이 물었다.

"어디에서 그런 아이디어를 얻었어? 만화 《데스노트》?"

"그건 본 적 없고. 뭐, 이런저런 생각을 하다 보니까."

소진의 손목을 흘끔거렸지만 교복 카디건이 손등까지 내려와 있었다. 괜한 오해를 사지 않길 바라며 종아리와 목덜미 등 옷 밖으로 드러난 부분을 훑었다. 소진이 혼잣말처럼 중얼거렸다.

"나도 그런 책이 생기면 좋겠다."

회장이 눈을 반짝였다.

"그래? 넌 어떤 소원을 적을 건데?"

소진의 시선이 먼 곳을 향했다.

나도 사라지고 싶어.

*

학원이 끝난 뒤 소진은 집을 향해 걸었다.

될 수 있는 한 천천히. 어떻게든 늦게 도착할 수 있도록.

한낮의 봄볕이 무색할 정도로 저녁이 되자 기온이 떨어졌다. 소진은 후드 점퍼의 지퍼를 끌어올리며 놀이터 벤치에 앉아 아파트를 올려다봤다.

아빠가 왔을까.

아빠가 마지막으로 온 것은 이 주 전이었고, 아빠는 보통 이삼 주에 한 번씩 들이닥친다. 두려움을 떨치기 위해 즐거운 생각을 하려고 노력했다. 나쁜 일만 있지는 않았다. 함께 급식을 먹게 된 친구들과 영화를 함께 만들 모둠이 생겼다. 재승이 나한테 관심이 많다는 회장의 말은 사실일까.

농담이었겠지.

재승은 다른 남자애들과 달랐다. 몰려다니며 장난을 치지도 욕설을 쓰지도 않았다. 친구는 없는 것 같았지만 그런 건 아무 문제가 안 된다는 듯 언제나 태연해 보였다.

재승이 내 손목을 쳐다보는 것 같았는데 아니겠지. 다른 사람한테 들키고 싶지 않은데, 그러면 일이 커질지도 모르는데.

주머니에 든 핸드폰이 진동했다. 엄마는 소진이 전화를 받자마자 낮게 속삭였다.

"어디야? 학원 안 끝났어?"

"끝났어. 거의 다 왔어."

"아빠 오셨으니까 빨리 들어와. 지난번에 했던 말 기억나지? 아빠한테 살갑게 굴어."

전화를 끊자마자 헛구역질이 밀려왔다. 등과 손바닥이 순식간에 축축해졌다. 가슴이 뻐근해지도록 날뛰는 심장 박동을 느끼며 간신히 벤치에서 일어섰다.

어차피 도망칠 곳은 없다.

현관문을 열자 음식 냄새와 술 냄새가 코를 찔렀다. 엄마는 우울증 약 때문에 하루의 대부분을 무기력하게 보내지만 아빠가 오면 냉장고에 있는 반찬을 죄다 꺼내 놓는다. 그길로 아빠의 마음을 되돌릴 수 있다는 듯이.

음식 냄새를 맡자 허기가 밀려왔지만 고개를 숙인 채 방문 손잡이를 잡았다. 식탁에 아빠와 마주 앉아 있던 엄마가 말했다.

"아빠 오셨잖아, 인사해."

"다녀왔습니다."

손도 대지 않은 음식들 옆에는 소진도 수없이 봐 온 이혼 서류가 놓여 있다. 아빠는 작년부터 집을 나가 다른 여자와 살고 있지만 엄마는 아빠가 반드시 돌아올 거라고 믿는다.

아빠는 소진을 쳐다보지도 않은 채 손바닥으로 얼굴을 훔쳤다. 그리고 술 때문에 정확하지 않은 발음으로 말했다.

"언제까지 이럴래…… 너도 지치지 않냐?"

"백 번을 물어도 내 대답은 똑같아. 다시 돌아오면 없던 일로 해 줄게."

"그럴 일 없다고 했잖아!"

아빠가 식탁에 있는 그릇들을 쓸어내렸다. 요란한 소리와 함께 바닥이 엉망이 됐다.

"소이 죽었을 때 우리도 끝났다고. 네가 이러니까 더 질리는 거야. 넌 자존심도 없냐? 이제 그만 좀 질척거려!"

"아니, 우리가 헤어지면 소이도 정말로 사라지는 거야. 소이를 위해서라도 난 이혼 안 해."

"무슨 소리야, 소이는 이제 없는데!"

이소이. 내 여동생.

소이는 2년 전에 죽었다.

소진은 회사에 다니던 엄마 대신 초등학교 2학년이었던 동생을 날마다 학교에 데려다줬다. 오직 그날만 학교 일 때문에 동생보다 먼저 집을 나섰다. 놀라울 정도로 평범한 아침이었다. 불길한 악몽도, 동생이 끔찍한 교통사고를 당하리라는 찜찜함도 없었다.

그날따라 말이 없던 동생은 뭔가 느꼈을까.

그게 징조였나. 그때 알았어야 했나.

소진의 가족은 1년도 못 버티고 살던 동네를 떠났다. 소진은 남서중학교로 전학을 왔고, 엄마는 우울증 약을 먹기 시작했고, 집을 나간 아빠는 갑자기 들이닥쳐 엄마에게 이혼을 요구했다. 아빠의 술 문제 때문에 평소에도 다정한 부부는 아니었다. 그나마 어린 동생이 가족을 간신히 지탱해 주고 있었다.

아빠가 일어나자 역한 술 냄새가 흩어졌다. 소진은 본능적으로 뒷걸음질 쳤지만 지지 않고 아빠를 노려봤다.

"넌 왜 가만히 보고만 있어! 빨리 치워!"

"내가 왜요? 아빠가 쏟았잖아요."

아빠의 주먹이 날아왔다. 불에 덴 듯한 통증이 아랫배에 퍼졌다. 소진은 바닥에 몸을 웅크린 채 쏟아지는 발길질을 오롯이 견뎠다. 아빠는 소진을 일으켜 세우더니 손목을 잡고 흔들었다.

"너까지 이러니까 집에 들어오기 싫은 거 아냐! 넌 그때 뭐 했어! 동생도 안 보고 뭘 했냐고!"

내일도 학교에 못 갈지도 모른다는 생각에 정신이 번쩍 들었다. 온 힘을 다해 오른손을 아빠의 손아귀에서 빼냈다. 그리고 엄마를 향해 팔을 뻗었다. 이번은 다를지도 모른다. 엄마가 달려와 나를 때리지 말라고 소리칠지도 모른다.

소진은 엄마의 푸석한 얼굴을 간절히 바라봤지만, 엄마의 흐릿한 시선은 벽에 걸린 소이의 사진에 머물러 있었다.

엄마가 중얼거렸다.

"네가 대신 죽지 그랬어."

소진의 오른팔은 허공에서 정처 없이 흔들렸다. 소진은 마음속으로 처절하게 외쳤다.

누가 내 손 좀 잡아 줘.

Q

소진의 아빠는
내일 집에 들어올까?

1

소진은 결석한 지 이틀 만에 교실에 나타났다. 재승은 블랙
북 덕분에 소진이 오늘 학교에 오리라는 것을 알고 있었다. 눈
썹을 덮은 앞머리에도 이마에 붙은 반창고는 가려지지 않았다.
점심시간이 되자 윤미와 서연은 팔짱을 낀 채 재승의 자리를
지나쳤다. 재승이 서연의 팔을 잡았다.

"약속 잊었어? 이소진도 데려가야지."

"그 정도 해 줬으면 됐지. 언제까지 같이 먹어야 되는데?"

윤미도 맞장구쳤다.

"야, 박도령. 솔직히 점 몇 번 봐 주고 너무하는 거 아니냐?
불편해 죽겠단 말이야. 밥 좀 편하게 먹으면 안 돼?"

"그래, 그냥 우리끼리 갈래. 너 혹시 이소진 좋아하냐? 그렇
게 걱정되면 네가 같이 먹든가!"

창가 쪽으로 고개를 돌린 순간 소진과 눈이 마주쳤다.

다 들은 건가. 창가까지 들릴 정도로 목소리가 컸나.

변명거리를 찾아 머리를 굴렸다. 소진이 당연히 이쪽으로 와
서 화를 낼 줄 알았다. 하지만 소진은 다시 고개를 돌리더니 책
상에 엎드렸다.

소진의 단발머리가 걸음을 옮길 때마다 양옆으로 흔들렸다.
교문을 나설 때 불렀어야 했는데 용기를 내지 못했다. 망설이
다 보니 결국 소진을 미행하는 꼴이 되고 말았다.

학원으로 곧장 가지는 않겠지. 그러면 같이 얘기할 시간도
없을 텐데.

사거리가 나오자 소진은 왼쪽으로 방향을 틀었다. 다행히 집
으로 가는지 아파트 단지 안으로 들어가고 있다.

더 이상 망설일 시간은 없다. 소진을 불러야 한다.

"이소진!"

유령이라도 본 듯한 소진의 얼굴이 재승을 향했다.

"안 바쁘면 잠깐 얘기 좀 할 수 있을까? 저기…… 놀이터에
서 할래?"

초등학생 두세 명만 놀이터에서 그네를 흔들며 깔깔대고 있
다. 놀이터 벤치에 앉은 소진은 입술의 거스러미만 물어뜯었다.

재승이 따라온 이유는 짐작할 수 있었다. 학교에서의 일을 사과하기 위해서일 것이다. 윤미와 서연이 억지로 급식을 함께 먹어 주는지는 몰랐지만, 재승에게 화가 나지는 않았다.

내 인생은 더 나아질 수 없다는 걸 잠시 잊고 말았다.

"학교에서는 미안했어. 나쁜 뜻이 있었던 건 아니고, 그 냥……."

재승의 목소리가 떨렸다. 괜찮다고, 이제 가라고 말하려는 순간 재승이 물었다.

"너 때리는 사람이 누구야?"

"그런 사람 없는데."

"그럼 교복 소매 걷어 봐."

소진은 오히려 옷소매를 끌어내렸다. 재승이 소진 쪽으로 몸을 돌렸다.

"손목에 멍 들어 있던 거 봤어. 이마에 붙인 반창고도 맞아서 그랬겠지. 학폭은 아닐 테니까 부모님이야? 엄마? 아니면 아빠?"

재승의 쉴 새 없는 질문에 심장이 터질 듯했다.

지금 내 표정은 어떨까. 아니라고 우기면 속일 수 있을까.

"아니야. 이마는 계단에서 넘어져서……."

"그럼 툭하면 결석하는 이유는 뭔데? 넌 초등학생도 아니고 중학생이잖아. 누가 그러는지는 모르겠지만 또 한 번 때리면 아동 학대로 신고해!"

그네를 타던 초등학생들이 이쪽을 흘끔거렸다. 재승에게 솔직하게 말할 수는 없다. 지금도 내가 한심해 보일 텐데 사실을 알면 얼마나 더 멍청하다고 생각할까.

"네가 남의 일에 그렇게 관심이 많은지 몰랐네. 회장이랑 친해지더니 너도 회장이라도 된 거 같아? 때리는 사람 없으니까 신경 쓰지 마."

간신히 고개를 들고 재승을 살폈다. 화가 났을 줄 알았는데 재승의 얼굴은 오히려 슬퍼 보였다.

"그래, 난 원래 다른 애들 일에 관심 없어. 근데 나도 너처럼 어이없이 괴롭힘당한 적이 있어서 지금 네 심정이 어떤지 조금은 알 거 같거든."

재승은 마음이 복잡했다. 소진이 화까지 내며 잡아뗄 줄은 몰랐다. 알았다고 하고 가 버릴까. 하지만 나에게는 아빠가 있었다. 지옥 같은 곳에서 구해 준 아빠가.

하지만 애한테는 아무도 없다면.

"오래전 얘기니까 그냥 말해 줄게. 나 어린이집 선생한테 학대당했어. 처음에는 교묘하게 괴롭히더니 날이 갈수록 정도가 심해지더라. 나를 자기 마음대로 정리 담당으로 정하더니 교실이 어질러져 있으면 무조건 나를 혼냈어. 어린애들 교실이 어떤지 알아? 장난감이나 블록 같은 걸 아무리 정리해도 뒤돌아서면 또 엉망이 돼 있어. 그걸 핑계로 날 캄캄한 방에 가두기도 하고, 나중에는 너처럼 손목에 멍이 들 때까지 잡고 흔들어서 결국에는 아빠가 알아 버렸지. 인터넷을 뒤지면 아직도 그때 기사가 남아 있을걸? 그 뒤로 어떻게 됐냐고? 초등학교에 들어가기 전까지 아빠랑 심리 치료 받았어. 초등학생 때 일은 기억도 안 나는데 그때 일은 아직도 생생해. 그리고 정리가 안 된 방이나 물건들을 보면 여전히 견디기가 힘들어."

"엄마는…… 안 계셔?"

"응. 임신했을 때부터 아팠는데 나 낳은 날 돌아가셨어."

재승은 아직도 궁금했다. 그 여자가 왜 그런 짓을 했는지. 재승이 어린이집에 가장 늦게까지 남아 있던 아이였기 때문인지, 그저 재승이 이유 없이 싫었는지. 아니면 고모 말대로 재승에게 엄마가 없었기 때문인지.

재승이 어린이집을 그만둔 뒤로 고모는 아빠에게 입버릇처럼 말했다.

'재승이 엄마는 왜 그렇게 허무하게 떠나서. 선생이 엄마 없는 애라고 만만히 본 거 아냐.'

잘못한 사람은 엄마가 아니라 그 여자라는 것을 안다. 고모도, 그리고 재승도 그저 억울함과 분노를 쏟아 낼 사람이 필요했는지도 모른다. 하지만 그 일을 겪은 뒤로 재승은 엄마를 떠올릴 때마다 가슴이 답답해졌다. 엄마만 있었어도 그런 일은 겪지 않아도 됐을 것만 같았다.

"아빠한테 진작 말하지 않았던 건 그 선생이 아무한테도 말하면 안 된다고 했기 때문이야. 나는 그때 어렸지만, 그 말을 곧이곧대로 따를 만큼 어렸지만, 넌 아니잖아. 어떤 어려움은 혼자 이겨 낼 필요도 없고, 이겨 낼 수도 없어. 그러니까 당하고만 있지 말고 경찰이든 담임한테든 말해. 신경 쓰이니까 이제 학교 빠지지 마라."

할 말은 다 한 것 같았다. 내가 해 줄 수 있는 일은 이 정도뿐인지도 모른다. 몸을 일으키려는 순간, 소진이 재승의 손을 잡았다.

"많이 힘들었겠다. 넌 잘못한 것도 없는데."

가슴속이 뜨거워지며 시간이 멈춰 버렸다. 온몸이 굳어 버린 듯 꼼짝도 할 수가 없었다. 어느새 놀이터를 메운 어린아이들의 웃음소리도, 두 사람을 흘끔거리는 젊은 엄마들의 시선도, 바람에 실려 오는 마른 솔잎의 향긋한 냄새도 느껴지지 않았다.

이럴 생각이 아니었는데. 왜 네가 나를 위로하는 거야.

재승은 소진을 향해 고개를 돌렸다.

"이제 네 이야기를 해 봐."

2

시나리오를 모둠 단톡방에 첨부했다. 전송 버튼을 누르는 손
가락이 떨렸다. 이 주 동안 최선을 다해 썼지만 모둠원들이 시
나리오를 어떻게 평가할지 자신이 없다. 어수선한 마음을 다잡
기 위해 책상 서랍을 한 칸씩 빼서 정리했다. 손은 바쁘게 움직
였지만 귀는 핸드폰을 향해 열려 있었다. 저녁 시간이라 그런
지 아무도 답장을 보내지 않는다. 애들이 시나리오를 좋아할지
블랙북에게 물어볼까 싶었지만 의미 없는 질문일 것이다. 긴
분량은 아니지만 내일까지 읽어 올 아이는 없을 테니까. 그때
기다리던 카톡음이 울렸다. 역시 회장이다.

> 수고 많았어! 오늘이 수요일이니까
> 이번 주까지 다 읽고 모여서 얘기하자! 오후 9:03

알았다고 답장을 보낸 뒤 블랙북을 펼쳤다. 소진은 매주 수요일은 아빠가 따로 하는 일이 있어서 집에 오지 않는다고 했지만, 재승은 혹시나 싶어 화요일 밤에도 똑같은 질문을 적었다.

Q : 내일 소진의 아빠가 소진의 집에 올까?

블랙북의 대답은 모두 No였다.

그날 재승은 소진에게 말했다. 아빠가 오는 날을 미리 알려 줄 테니 편하게 있으라고. 소진은 그걸 어떻게 아는지 당연히 궁금해했고, 재승은 어울리지 않는 너스레를 떨며 대답했다.

"내 소문 못 들었어? 난 느낌이 딱 온다니까?"

재승의 호언장담 때문인지 아빠가 들이닥칠 시기가 안 돼서인지 소진은 편안해 보였지만 재승의 마음은 그렇지 않았다. 블랙북에게 언제까지고 의지할 수는 없다. 소진을 떠올리자 손등에 전해지던 온기가 다시금 느껴졌다. 그날의 기억은 하루에도 몇 번씩 예고 없이 밀려들었고, 그럴 때마다 뱃속이 간질거리는 낯설지만 나쁘지 않은 기분이 들었다.

이봐, 정신 차려. 고작 손 한번 잡은 거잖아.

재승은 이번에도 그때의 기억을 간신히 떨쳐 냈다.

"시나리오 다 읽었어. 잘 썼던데?"

"벌써?"

이 주일 동안 끙끙거리며 쓴 시나리오를 하루도 안 돼서 다 읽었다니. 회장의 칭찬은 고맙지만 허탈하기도 하다.

"장면 묘사도 엄청 꼼꼼하더라. 너 설마, 진짜 블랙북을 가지고 있는 건 아니지?"

가슴이 철렁했지만 회장은 혼자 킥킥거렸다.

"말도 안 되는 소리 하지 말고. 부족한 점은 없었어?"

"음, 시나리오를 보니까 유주 연기가 제일 중요하겠더라. 소진이가 콘티 짜는 동안 배경 음악도 틈틈이 찾아볼게. 아, 소품도 만들어야 돼. 블랙북 말야."

"그건 내가 만들게."

뒷문으로 들어오던 소진이 말을 이었다.

"나도 다 읽었어. 완성하느라 힘들었겠더라. 시나리오 재밌었어."

아이들의 시선이 유주에게 향했다. 또 책상에 엎어지기 전에 회장이 말을 걸었다.

"정유주, 어제 박재승이 단톡방에 시나리오 올렸거든? 너도 읽고 어떤지……."

"난 안 봐도 되니까 콘티까지 나오면 불러."

머릿속이 감전된 듯 찌릿거렸다. 재승은 참지 못하고 쏘아붙였다.

"넌 왜 안 보겠다는 건데? 다른 애들은 한가해 보여? 너도 같은 모둠이니 시나리오를 읽고 의견을 말하든가 아니면 지금 빠져. 네가 아이돌 수업에 쏟아붓는 열정만큼 우리도 이 일에 진심이니까."

"야야, 벌써 싸우면 안 되지!"

회장이 두 사람 사이에 서서 팔을 흔들었다. 유주는 재승의 말이 들리지도 않는다는 듯 핸드폰만 들여다봤다.

어디 한번 두고 보겠어. 촬영 때도 대충 하기만 해 봐.

회장이 소진에게 몸을 돌렸다.

"콘티가 완성되려면 어느 정도 걸릴까? 유주가 연기 연습할 시간도 필요한데."

"오늘부터 바로 시작하려고. 중간고사 공부 하면서도 틈틈이 만들게."

"어, 아냐. 시험 공부부터 해야지."

중간고사가 일주일 뒤로 다가왔다. 시험은 사흘 동안 이어진다. 영어와 수학은 학원 덕분에 걱정이 되지 않지만 나머지 과목들은 바짝 준비해야 한다. 앞자리에 앉은 윤미가 고개를 돌렸다.

"야, 박도령. 이번 국어 시험 어려울까? 혹시 시험지는 안 보이냐?"

윤미의 질문을 시작으로 사방에서 아이들의 목소리가 쏟아졌다.

"과학은 어디에서 제일 많이 나와?"

"역사는 망했고 수학은 조금만 더 하면 만점 가능이거든? 역사를 포기하고 수학에 올인할까, 아니면 역사 문제를 하나라도 더 맞힐까?"

"저기⋯⋯."

옆에서 들려온 쉰 목소리에 재승의 어깨가 움찔했다. 어느새 동재가 옆에 서 있었다. 재승이 무당 세트를 떠넘겼던, 한밤중에 자기 집에서 걸려 온 으스스한 전화를 받은 남자애다.

"그날 뒤로는 밤에 전화 안 와. 다 네가 줬던 물건들 덕분인가 봐."

"다행이네."

"그래서 말인데 박도령⋯⋯."

"말해."

"나 국어 문제집 하나만 찍어 줄래?"

내일 시험 과목인 국어는 대충 훑었지만 과학이 문제다. 시험 범위는 2단원인 기권과 날씨까지. 날씨의 변화가 나오는 부분은 읽지도 못했는데 눈꺼풀이 묵직하다. 시계를 보니 어느새 자정이 되기 2분 전이다. 정신이 번쩍 들며 졸음이 날아갔다. 자정이 되기 전에 블랙북에 질문을 써야 한다. 지금까지 그랬듯이 소진의 아빠에 대해 물으려다 멈칫했다. 내일은 수요일이고, 소진의 아빠는 수요일에는 집에 오지 않는다.

그렇다면…… 날씨의 변화 부분은 과학 선생님도 대충 넘어가긴 했는데…….

볼펜이 종이 위를 빠르게 움직였다.

Q : 내일 과학 시험에 날씨의 변화에 대한 내용이 나올까?

책을 후딱 덮었다 펼쳤다.

답은 노.

이래도 되나 싶지만 발등에 불이 떨어진 마당에 이것저것 가릴 때가 아니다. 날씨의 변화 부분은 빼고 문제를 풀어 본 뒤에 자기로 했다.

다음 날, 시험을 앞둔 교실은 여느 때와 달리 조용했다. 다들 이제 와서 교과서나 문제집 따위에 코를 박고 있다. 회장 자리로 슬쩍 가 보니 이 녀석도 과학이 걱정인지 과학 문제집을 들여다보며 입술을 달싹거리고 있다.

"거긴 안 나오니까 딴 데 봐."

회장이 재승을 올려다봤다.

"어떻게 알아? 혹시 너…… 그 소문이 진짜……?"

"그래. 절대로 안 나오니까 내 말 믿어."

회장이 쩌렁쩌렁한 목소리로 외쳤다.

"얘들아! 날씨의 변화는 과학 시험에 안 나오니까 패스해!"

블랙북의 대답은 이번에도 사실이었지만 과학 시험은 어려웠다. 내년이면 고등학생이라는 게 실감 날 정도로 문제의 난이도는 높았다.

시험이라 좋은 점이 있다면 급식도 안 먹고 하교라는 것. 집에 돌아온 재승은 점심을 먹고 책상에 앉았다. 침대에 퍼지고 싶은 마음을 떨쳐 내기 위해 블랙북을 꺼냈다. 소진의 아빠에 대한 질문만 쓴 뒤 공부를 시작할 것이다.

Q: 소진의 아빠는 내일 집에 들어올까?

하품을 참으며 책을 덮었다 펼쳤다.

블랙북의 대답은 예스였다.

3

"이소진!"

아파트 단지로 들어온 순간 재승의 목소리가 들렸다. 무슨 일일까. 언제부터 따라온 거지.

"너 오늘 저녁에 집에 들어가지 마. 엄마한테는 시험 핑계 대고 친구 집에서 공부한다고 해."

"갑자기 왜?"

"너희 아빠, 오늘 집에 들어올 거야."

점심도 먹지 않았는데 뱃속이 체한 것처럼 답답해졌다.

"확실해?"

"응."

"예전부터 궁금했는데…… 네가 그걸 어떻게 알아?"

"그건 설명하기 힘드니까 묻지 마. 너, 갈 데는 있어?"

재승에게 자신의 이야기를 털어놓은 뒤로 재승은 밤마다 카톡을 보냈다. 내일은 아빠가 안 오니까 편하게 있으라고. 재승이 미래를 맞힌다는 소문은 들었지만 믿지 않았다. 그런 일이 가능할 리 없으니까. 재승이 그런 카톡을 보내는 것도 그저 자신을 편하게 해 주기 위해서라고 생각했다.

하지만 그 소문이 사실이라면.

재승은 허풍을 떨거나 괜한 장난을 치는 아이가 아니다.

"사실은 어제 느낌이 왔는데 일부러 말 안 했어. 괜히 걱정하다가 오늘 시험 망칠까 봐. 믿기 힘들겠지만 내 말 들어. 부탁이야."

소진의 마음이 조급해졌다. 어디로 도망쳐야 하나. 떠오르는 사람은 지방에 사는 외할머니뿐이다. 하지만 그곳까지 가려면 기차를 타도 두 시간은 걸리는 데다 혼자 갈 자신도 없다. 게다가 내일도 시험이 있으니 결석할 수는 없다.

"말해 줘서 고마워. 근데 나…… 갈 데가 없어."

머리가 바닥으로 떨어졌다. 오늘따라 스산한 바람에 머리카락이 제멋대로 나부끼며 소진의 뺨을 때렸다.

오늘 밤에는 어떤 일이 생길까. 아빠는 얼마나 더 화를 낼까.

소진은 마주 보고 있는 두 켤레의 운동화만 하염없이 내려다봤다. 저 운동화도 곧 나를 떠나겠지만 재승은 충분히 나를 도와줬다.

"걱정 말고 집에 가. 난 괜찮으니까 공부 열심히 하고."

간신히 지어낸 미소를 보고도 재승은 웃지 않았다. 대신 재
승의 운동화가 소진 쪽으로 다가왔다.

"그럼 우리 집으로 와."

자신만만하게 말했지만 아빠에게 허락도 받지 않았다. 소진
은 책가방도 벗지 못한 채 온몸에서 어색함을 뿜어내며 소파에
앉아 있다.

재는 또 얼마나 불편할까. 점심때니까 뭐라도 줘야 할 텐데.

"저기……."

소진이 고개를 번쩍 들었다.

"마당에서 전화 좀 하고 올 테니까 편하게 있어. 목마르면 냉
장고에서 음료수 꺼내 먹고."

현관을 나서자마자 아빠에게 전화를 걸었다. 다행히 점심시
간이라 금세 전화를 받는다.

"아빠, 급한 일인데 지금 얘기할 수 있어요?"

"응, 얘기해. 시험은 잘 봤고?"

"그게 문제가 아니고, 우리 집에 친구가 와 있는데."

"친구? 드디어 친구가 생겼냐!"

아빠의 웃음소리가 귓속을 시끄럽게 때렸다. 다음 말을 들으면 저렇게 웃지 못할 텐데.

"근데 여자애야."

아빠의 웃음소리가 뚝 끊어졌다.

"이소진이라고 우리 반 앤데 우리 집에서 하루만 재워 줘요. 남는 방도 있잖아. 걔 오늘 집에 들어가면 안 돼."

"이게 무슨 소리야, 자기 집 놔두고 왜 우리 집에서 자. 아무리 여자 친구라도 그건 아니지."

"아빠야말로 뭔 소리야. 여자 친구 아니거든? 그냥 우리 반 애라고 했잖아요."

"그러니까 내 말은 왜 우리 집에서 자겠다는 거냐고."

재승은 입을 다물고 생각을 정리했다. 우리 집이 아니면 소진은 갈 곳이 없다. 아빠의 허락을 받아 낼 수 있도록 제일 효과적인 대사를 말해야 한다.

"이소진 아빠가 집에 들어올 때마다 걔를 때려. 예전에 그 여자가 날 때렸던 것처럼. 오늘이 아빠가 오는 날인데 도와줄 사람은 나밖에 없어요."

한동안 대답이 들려오지 않았다. 아빠의 침묵이 길어질수록 초조해졌다. 그래도 안 된다고 하면 어쩌지. 이제 와서 나가라고 할 수는 없는데.

"자고 가라고 해. 오늘은 아빠도 일찍 들어갈게."

큰 산을 하나 넘은 심정으로 집으로 들어갔다. 소진은 여전히 로봇처럼 앉아 있지만 그래도 가방은 벗어서 내려놓았다.

"배고프지? 라면 먹을래?"

"응."

소진은 재승이 끓여 준 라면을 묵묵히 먹었다. 그러다 가끔씩 고개를 들고 어색한 눈빛으로 집 안을 살폈다. 재승이 방 하나를 가리켰다.

"저 방이 비어 있어. 침대도 있으니까 거기에서 자면 돼. 내 방은 저쪽이고 그 맞은편이 아빠 방."

"주택에는 처음 와 봐. 2층에는 다른 사람이 살아?"

"아니."

"문이 따로 있는데……."

"다 그렇게 생각해. 2층은 원래 엄마 작업실이었어. 엄마가 그림책 작가였거든. 다른 사람이 와서 살아도 되는데 아빠는 엄마 작업실을 도저히 못 치우겠대."

집 청소는 만날 미루면서 아빠는 한 달에 한두 번은 엄마 작업실을 쓸고 닦았다. 재승도 어렸을 때는 비밀 아지트에 들어가는 기분으로 2층에 드나들었지만 지금은 그렇지 않다. 굳이 볼일도 없는 데다 엄마의 공간에는 발을 들이고 싶지 않았다.

"네 꿈도 그림책 작가지?"

"맞아. 어떻게 알았어?"

"담임이 첫날에 자기소개 시켰잖아. 엄마 직업이랑 똑같아서 기억해."

그때부터 너에게 관심이 있었다는 말은 하지 않았다. 엄마가 그렇게 미운데도, 너를 보면 엄마의 어린 시절을 자연스레 떠올리게 된다는 것도.

"콘티는 많이 했어? 안 힘들어?"

"처음에는 좀 헤맸는데 이제 감을 잡은 것 같아. 절반 정도 만들었는데 보여 줄까?"

소진이 책가방에서 공책을 가져왔다. 작은 직사각형마다 카메라에 담길 장면을 그린 스케치들이 들어 있고, 그림 옆에는 장면의 내용을 요약한 짧은 문장들이 써 있다. 재승은 유주의 얼굴을 클로즈업한 그림에 눈길을 멈췄다. 고양이처럼 올라간 눈꼬리와 도톰한 입술, 갸름한 턱 같은 얼굴의 특징을 정확히 잡아냈다.

"국어 선생님이 콘티도 제출하라고 했나?"

"그런 말은 안 하셨는데…… 너무 대충 그렸어?"

"대충이라니, 엄청 잘 그렸잖아. 내가 얘기해 볼게. 시나리오랑 콘티도 평가 항목에 넣어 달라고."

둘의 시선이 마주쳤다.

소진의 입가에 걸린 미소를 보자 재승의 가슴에도 따뜻한 기운이 퍼졌다.

*

"그래, 소진아. 반갑다. 내가 재승이 아빠야."

소진은 재승의 아빠를 향해 머리를 깊숙이 숙였다. 재승이 소진을 어색하게 가리켰다.

"전화로 말했던 친구예요. 나랑 같은 반이고."

빗소리가 들리긴 했지만 비가 생각보다 많이 오는지 재승의 아빠는 어깨 한쪽이 흠뻑 젖어 있었다. 재승보다 작은 키에 둥글둥글한 인상. 마른 체격인 재승과 달리 재승의 아빠는 배가 유난히 불룩하다.

재승이 어디까지 얘기했을까. 내가 왜 여기 있는지 아저씨도 알까.

"같이 시험공부하기로 했다며? 재승이가 곧 죽어도 같이 공부해야 한다는 걸 보니 소진이는 공부를 잘하나 보다."

재승의 아빠는 터질 듯한 장바구니를 든 채 부엌 쪽으로 종종걸음을 쳤다.

"재승이 공부 도와주니까 아저씨가 맛있는 거 해 줄게. 준비될 때까지 텔레비전 보면서 쉬어."

재승과 소진은 소파에 앉아 텔레비전을 켰다. 화면 위쪽에 현재 시간이 표시됐다.

저녁 6시 30분.

재승의 집으로 오기 전, 소진은 친구 집에서 시험공부를 하다가 자고 오겠다고 엄마에게 말했다. 약기운 때문인지 엄마는 고개만 끄덕였다. 친구 엄마와 통화라도 하겠다고 할까 걱정했지만 아무것도 묻지 않았다.

점점 거세지는 빗소리와 함께 소진의 마음도 초조해졌다. 아빠가 정말로 집에 들어온다면 7시쯤일 텐데 나만 이렇게 편하게 있어도 될까. 내가 없으면 엄마가 더 심하게 맞을지도 모르는데.

"왜 그래? 다른 채널로 돌릴까? 보고 싶은 거 있으면 말해."

"저기…… 우리 아빠 오늘 오는 거 확실해?"

"그렇다고 했잖아."

"어떻게 아는지 말해 주면 안 돼?"

"그냥 느낌이고, 내 느낌은 틀린 적이 없어."

"네 말이 진짜라면 엄마한테도 말해 줘야 돼. 나만 이렇게 숨어 있을 수는 없잖아."

재승은 팔짱을 낀 채 텔레비전을 노려봤지만 결국 이렇게
말했다.

"그건 네가 알아서 해."

"얘들아, 밥 먹자! 소진아, 빨리 와!"

소진은 재승을 따라 식탁으로 향했다. 큰 접시에 수북이 쌓
인 삼겹살과 된장찌개. 가짓수는 적지만 정갈해 보이는 밑반
찬. 급하게 만드느라 힘들었는지 아저씨의 이마는 땀투성이다.

"차라리 배달 음식을 시킬 걸 그랬나? 손님이 왔는데 상이
부실해서 어쩌냐. 소진이 많이 먹어라. 다음에 놀러 오면 그때
는 훨씬 맛있는 거 만들어 줄게."

재승 아빠의 푸근한 미소에도 엄마 때문에 불편한 마음은
사라지지 않았다.

"요리도 못하시면서 무슨 자신감이래."

재승은 투덜거리면서도 상추에 고기를 두 점씩 올렸다. 재승
의 아빠는 소진의 젓가락을 계속 흘끔거렸다. 잘 먹고 있는지
영 신경이 쓰이는 눈치다.

"맛있어요."

"아이고, 다행이다!"

집 안을 울릴 정도로 호탕한 웃음소리에 소진은 자기도 모

르게 웃고 말았다.

"재승이가 말했는지 모르겠지만 저쪽 작은 방이 비어 있거든? 재승이 고모가 가끔 와서 자고 가는 방인데 오늘은 거기에서 푹 자라. 시험이라고 너무 늦게까지 공부하지 말고. 그리고……."

소진은 긴장한 채 아저씨의 말을 기다렸다.

"아저씨가 약사거든? 지하철역 2번 출구 앞에 있는 다날 약국. '다날'이 무슨 말의 줄임말이게?"

"다 나을……."

"그렇지! 혹시 아프거나 다친 데가 있으면, 그리고 아저씨가 너무 보고 싶어서 못 견디겠으면 언제든지 들러라. 재승이 여자 친구니까 다 공짜로 줄게."

재승이 끼어들었다.

"여자 친구 아니라고 했잖아요."

"아니긴 뭐가 아냐, 인마. 둘 사이에 흐르는 공기가 아주 핑크빛이구만. 그리고 소진아, 이 아저씨가 한마디만 보태자면……."

재승은 아빠를 향해 눈을 황급히 깜박였다. 제발 멈추라고 말하고 싶었지만 아빠 얼굴은 사뭇 진지했다.

"이 세상에는 아이들이 해결하지 못하는 문제도 있는 법이야. 너희가 어리다고 무시해서가 아니라 세상은 결국 어른들 위주로 돌아가니까. 그러니 너무 힘든 일이 있으면 어른한테 도움을 청해도 돼. 부모님께도 털어놓기 곤란한 일이 있으면 아저씨한테 얘기해도 되고. 우리가 오늘 처음 본 사이긴 하지만 난 재승이 아빠고, 모든 어른에게는 아이들을 지킬 의무가 있거든. 너도 우리나라 출산율이 세계에서 바닥이라는 뉴스 봤지? 아, 요즘 아이 하나하나가 얼마나 소중한 세상이냐?"

소진은 그릇에 담긴 밥만 내려다봤다. 눈물이 차오르며 밥알의 형태가 흐릿하게 뭉개지기 시작했다. 아저씨는 내가 왜 오늘 집에 못 가는지 알고 있다. 하지만 이상하게도 전혀 창피하지 않다. 그런 마음을 품기에 이 집에 흐르는 공기는 너무나 따스하다.

"아이고, 내가 괜한 소리를 했나. 울리려고 한 말은 아니었는데!"

재승이 소진에게 티슈를 건넸다.

"이제 밥 좀 먹게 내버려둬요."

소진은 티슈로 눈물을 훔쳤다. 코도 힘껏 풀었다. 이 집에서만큼은 울고 싶지 않았다.

재승의 아빠가 자신이 한 말을 후회하지 않도록.

다음 날, 소진은 재승을 따라 주택들이 늘어선 길을 걸었다. 비가 그친 하늘은 오늘따라 맑고 아름다웠다. 소진은 물기 어린 풍경을 바라보며 아침 공기를 들이마셨다. 새로운 길을 따라 학교에 가고 있자니 소풍이라도 떠나는 기분이다.

소진이 물었다.

"나 때문에 시험공부 못 한 거 아니야?"

"아닌데. 나 어제 열두 시까지 공부하다 잤는데? 너야말로 오늘 시험 괜찮겠냐, 내 방까지 코 고는 소리가 다 들리던데."

"정말? 내가 코를 골았다고?"

"처음엔 넌 줄 알았는데 우리 아빠 소리였어."

긴장했던 소진의 입에서 결국 웃음이 터졌다.

"근데…… 나도 한 번도 안 깨고 잘 잤어. 그리고 너희 아빠 정말 좋으시더라."

부럽다.

마지막 말은 마음속으로만 중얼거렸다. 결국 엄마에게 아빠가 집에 올 거라는 카톡을 보냈다는 말도 하지 않았다.

"우리 아빠 뚱뚱하지?"

"어…… 아니, 그냥…….."

"고모가 그러는데 내가 아기였을 때는 엄청 말랐었대. 혼자서 나 키우느라 고생해서. 내가 태어나고 몇 년 동안은 약국도 안 하고 나한테 올인했다나. 이제 슬슬 어린이집에 보내도 되겠다 싶었을 때 다시 약국을 시작했는데 그게 다낭 약국이야. 내가 어린이집에서 당한 일 때문에 아빠도 고생 많이 했어. 그 선생 고소하고 나 치료받게 하느라. 그때 일은 우리 집에서 금기어라 아무도 안 꺼내는데 나도 알아. 아빠가 나한테 아직도 미안해한다는 걸. 자기가 어린이집에 맨날 늦게 데리러 와서 선생한테 찍혔다고 생각하나 봐."

재승은 소진을 지그시 바라봤다.

"오늘은 너희 아빠 안 들어오니까 시험 끝나면 편하게 집에 가도 돼. 근데 내가 언제까지나 그걸 알려 줄 수는 없어. 한 번만 더 그런 일이 생기면 다른 사람한테 알리겠다고 약속해. 경찰한테든 담임한테든, 다 불편하면 우리 아빠한테라도."

이런 말에도 소진의 얼굴은 편안해 보였기에, 재승은 소진이 알아채지 못할 만큼 걸음을 조금씩 늦추었다.

이 고요한 시간을 조금이라도 오래 만끽할 수 있도록.

소진이 대답했다.

"약속할게."

Q

우리는 무사히
단편 영화를 완성할 수 있을까?

1

"자, 첫 씬은 유주가 블랙북을 발견하는 장면이야. 책 더미를 들고 분리수거장으로 걸어간 유주가 이미 쌓여 있던 책들을 쳐서 책들이 우르르 쓰러지는데, 그때 블랙북을 발견하는 거지. 두 번째 씬은 블랙북을 살펴보는 유주의 얼굴 클로즈업."

회장이 콘티와 유주를 번갈아 쳐다보며 설명했다.

소진이 콘티를 완성한 뒤 이번에도 유주가 빠진 회의 끝에, 세 아이는 대사가 없는 영화를 만들자는 결론을 내렸다. 재승이 쓴 시나리오에도 대사는 거의 없었기에 차라리 모두 삭제하는 편이 몰입도를 높일 수 있겠다 싶었다.

마지막 회의가 끝난 뒤 콘티와 시나리오는 주연 배우인 유주에게 전달됐다. 유주가 연기 연습을 하는 동안 회장은 무료 음원 사이트에서 배경 음악을 검색했다. 그리고 소진이 블랙북을 비롯한 소품을 만드는 동안 재승은 촬영 일정을 짰다.

드디어 첫 촬영이 시작됐다.

5교시밖에 없는 목요일, 장소는 학교 도서관 뒤편의 분리수거장.

회장은 아까부터 카메라를 심각한 얼굴로 들여다보고 있었다. 엄마가 예전에 사진 스튜디오를 했다더니 큼직한 카메라에 삼각대까지 가져왔다. 저 장비들을 학교까지 들고 온 회장도 힘들었겠지만 재승과 소진도 지쳐 있었다. 재승이 분리수거장의 온갖 쓰레기들을 다른 곳으로 옮기는 동안, 소진은 도서관에서 빌려 온 책들을 노끈으로 묶었다.

"유주야, 준비됐어?"

회장의 물음에 유주가 고개를 끄덕였다. 회장은 카메라 렌즈를 다시 들여다보더니 삼각대에서 카메라를 뺐다.

"아무래도 핸드헬드 촬영으로 가야겠어."

재승이 물었다.

"핸드…… 뭐?"

"말 그대로 카메라를 손으로 들고 다니며 찍는 거야. 화면이 자주 흔들려서 산만하기도 하지만 배우의 연기를 훨씬 실감 나게 잡을 수 있지. 자, 유주야. 준비됐지?"

"됐다고 했잖아!"

유주의 짜증에도 굴하지 않은 채, 어깨에 카메라를 얹은 회장이 유주 옆에 섰다.

"그럼 시작한다. 레디…… 고!"

저런 말을 천연덕스럽게 잘도 하는구나 생각하며 재승은 숨을 죽였다. 유주는 책 더미를 든 채 비틀거리며 분리수거장에 도착했다. 먼저 쌓여 있던 책들이 쓰러지고, 유주는 짜증과 체념이 섞인 얼굴로 책들 사이에서 블랙북을 집어 들었다.

"컷!"

회장이 카메라를 어깨에서 뗐다.

"클로즈업 장면까지 찍고 한꺼번에 확인할게. 유주야, 클로즈업 장면 내용은……."

"넌 영화를 입으로 찍냐? 아까 설명해 줬잖아!"

"그럼 바로 가자. 레디, 고!"

블랙북을 앞뒤로 살피고, 표지를 쓰다듬고, 마침내 책장을 펼치는 유주의 모습을 회장이 코앞에서 찍었다. 회장과 카메라 따위는 세상에 존재하지 않는다는 듯, 유주는 블랙북을 든 채 주변을 두리번거렸다. 아무 감정도 남겨 있지 않은 그 공허한 시선에 재승은 온몸이 서늘해졌다. 도서관 창고에서 블랙북을 처음 발견했던 날이 떠올랐다. 그때 자신의 표정도 저랬을까.

아니다. 재승은 겁에 질려 있었다. 창고에 불이 났던 데다 불길에도 타지 않는 수상한 책을 발견했으니까. 하지만 이 영화 속 주인공처럼 자신도 삶에 지친 아이였다면, 그래서 어떤 일에도 감흥을 느끼지 못하는 아이였다면 지금 유주 같은 표정을 지었을지도 모른다.

유주는 마침내 책을 가슴에 안은 채 고개를 떨어뜨렸다. 회장은 유주의 입가에 떠오른 희미한 미소를 놓치지 않고 카메라에 담았다.

"컷! 유주야, 진짜 잘했어. 얘들아, 모여! 다 같이 확인하자!"

넷이서 카메라를 에워쌌다. 유주의 연기를 영상으로 확인한 순간, 유주를 몰아붙였던 기억이 떠올라 재승은 머쓱해졌다. 카메라 앞에서 수줍어하거나 어색해하는 기척은 조금도 없다. 아이돌이 되기 위해 받은 훈련 덕분일까. 그런 데서 연기도 가르쳐 주나. 어떤 대단한 배우를 데려온다 해도 방금 했던 연기를 유주보다 잘할 것 같지는 않았다.

유주가 도톰한 입술을 깨물었다.

"마음에 안 들면 다시 찍으시든가."

"아냐, 난 만족해."

회장이 재승과 소진을 쳐다봤다.

"너희 의견은 어때?"

"어떻게 이것보다 잘해? 유주야, 너 진짜 배우 같아."

소진의 칭찬에 재승도 얼떨떨하게 고개를 끄덕였다.

"얘들아, 이러다가 우리 1등 하겠는데? 역시 난 수행킹이다!"

회장의 요란한 웃음소리가 분리수거장에 울려 퍼졌다.

*

이번 모둠 활동이 아니었다면 재승은 모든 영화는 처음부터 끝까지 순서대로 찍는다고 생각했을 것이다. 하지만 각 장면을 찍는 순서는 배경이나 날씨, 배우의 스케줄 등 여러 상황에 따라 달라진다. 재승의 모둠 같은 경우는 배경이 관건이었다. 아이들이 모두 하교한 뒤라 교실이 비어 있었기에 다음 장면은 그곳에서 찍기로 했다.

"이번 장면은 블랙북에 학교 애들이 다 사라지면 좋겠다는 소원을 적은 뒤에 아침에 등교했을 때의 상황이야. 블랙북에 쓴 소원이 이번에도 이루어질까? 애들이 다 사라졌으면 그때는 어떻게 하지라는 설렘과 불안이 표정에 담겨 있어야 해."

유주의 연기에 마음이 놓였는지 회장은 아까보다 편안해 보였다. 고작 두 장면을 찍었을 뿐인데 꿀단지처럼 껴안고 있던 카메라도 손에서 덜렁거린다. 유주는 이번에도 엔지 한 번 없

이 촬영을 마무리했다. 아이들은 카메라를 책상에 올려놓은 채
모여 앉았다.

회장이 물었다.

"연기를 어떻게 그렇게 잘하는 거야? 혹시 어제 밤새서 연습
했어?"

"아이돌 아카데미에서 춤만 추는 줄 아냐? 우리 아카데미는
연기 수업도 있어. 무대에서 표정 연기를 할 때 도움이 되니까."

"촬영이 오래 걸릴 줄 알았는데 이대로라면 금세 찍겠어. 시
나리오랑 콘티도 좋지만 네가 너무 잘해 줘서 그래. 앞으로도
딱 이대로만 해 줘!"

회장이 재승에게 눈빛 레이저를 발사했다. 너도 빨리 한마디
보태라는 얼굴이다.

재승이 말했다.

"아이돌 말고 배우를 하지 그래."

"그럴까? 어차피 다 망했는데."

소진이 물었다.

"그게 무슨 말이야?"

"대형 기획사에서 하는 아이돌 오디션에 죄다 떨어졌거든.
다음 주에 치르는 내방 오디션 딱 하나 남았는데 그것까지 떨
어지면 내 인생은 끝장이지. 어릴 때부터 똑같은 꿈만 꾸며 달

렸는데."

"내방 오디션?"

"기획사 사람들이 아이돌 아카데미로 직접 와서 오디션 보는 거야. 우리는 그 앞에서 노래나 랩을 하고 댄스는 자율 선택."

회장이 말했다.

"에이, 혹시 떨어지더라도 겨우 중3이잖아. 다시 하면 되지!"

"겨우 중3? 넌 진짜 아무것도 모르는구나. 요즘에는 초등학생도 오디션에서 뽑아. 나이 제한은 없다고들 하지만 중학생까지가 데드라인이라는 건 다 아는 사실이거든?"

재승은 유주의 말을 가만히 곱씹었다. 유주의 말을 듣고 보니 그럴 수도 있겠다는 생각이 들었다. 티비에 나오는 요즘 아이돌들은 하나같이 어려 보였으니까.

"그래서 수업 시간에 잠만 자고 급식도 안 먹는 거야? 오디션에 계속 떨어져서?"

유주의 얼굴이 붉어졌다.

"박재승, 넌 수업 시간 내내 집중하냐?"

"그런 뜻이 아니라 진짜 궁금해서 물어본 거야."

"너도 늦게까지 연습해 봐. 멀쩡하게 수업 들을 수 있는지. 그리고 카메라에 예쁘게 잡히려면 무조건 말라야 돼. 어쨌든 기획사에 들어가기만 하면 학교는 바로 때려치울 거야. 그렇게 하는 아이돌도 많아."

유주가 가방을 메고 일어섰다.

"먼저 간다. 아까 말한 오디션 때문에 바짝 연습해야 돼."

유주가 먼저 교실을 나가고 나머지 아이들도 학교를 나섰다. 곧바로 학원에 간다는 회장과 헤어진 뒤, 소진과 재승은 여느 때는 학생들로 북적이던 길을 걸었다. 소진이 물었다.

"넌 학원 안 가?"

"수행 때문에 빠진다고 미리 말했어. 이렇게 빨리 끝날 줄은 몰랐는데 그냥 집으로 갈래. 너는?"

"나는 학원으로 바로 가려고. 집보다는 차라리 학원이 편해서."

"너희 엄마는 요즘 어때?"

재승의 집에서 하룻밤을 보내고 집에 돌아갔을 때 소진은 몇 번이나 도어키의 비밀번호를 누르려다 멈추었다. 아빠가 올 테니 다른 곳으로 피하라는 카톡을 보내긴 했지만 문을 열면 어떤 광경이 펼쳐져 있을지 두려웠다. 겉보기에 바뀐 것은 없었다. 엄마의 얼굴도 깨끗했다. 하지만 엄마의 눈빛과 표정으로, 그리고 미묘하게 더 가라앉은 공기로 소진은 아빠가 다녀갔고 엄마는 어디로도 도망치지 않았음을 알 수 있었다. 자신만 안전한 곳으로 피했다는 죄책감 때문에 엄마를 똑바로 볼 수가 없었다.

그리고 엄마도 소진을 보지 않았다.

친구네는 어땠냐, 저녁은 뭘 먹었냐, 시험은 잘 봤냐 같은, 집을 비운 딸에게 엄마가 할 법한 질문들은 존재하지 않았다. 동생이 죽은 뒤로 달라진 것은 아빠의 가출과 폭력만이 아니었다. 그날 뒤로 소진의 부모는 홀로 남은 딸에게 어떤 것도 궁금해하지 않았다.

재승이 걸음을 멈추고 소진의 표정을 살폈다.

"이소진, 너 괜찮냐? 왜 대답을 안 하는데."

소진은 부러웠다. 다정한 아빠가 있는 재승도, 꿈을 향해 노력하는 유주도, 언제나 긍정적인 회장도. 그 아이들을 떠올리면 자신의 삶은 더 비참하게 느껴졌다.

하지만.

"아빠 때문에 무서워서 그래? 내가 또 알려 준다니까?"

소진은 재승의 근심 어린 얼굴을 바라봤다.

나는 아직 혼자가 아니다.

나를 궁금해하는 사람이 한 명이라도 있다면 조금은 더 버틸 수 있지 않을까.

2

"아이고, 어서들 와라! 살다 보니 별일이 다 있다."

토요일 저녁, 모둠원들이 재승의 집을 찾았다. 밖에서 아이들을 만나서 집에 데려온 재승은 현관가에 선 아빠를 보고 목덜미가 뜨거워졌다.

"옷 갈아입지 말라니까. 양복은 왜 꺼내 입었어요?"

"그래도 영화에 나오는데……."

회장이 끼어들었다.

"아, 그게요. 아저씨 역할은 딸한테 관심이 없는 나쁜 아빠거든요. 될 수 있는 한 허름하게 입으시면 좋겠어요. 그냥 러닝 차림이면 더 좋고요. 소파에서 술 드시면서 주식 프로그램 같은 거 보시면 돼요."

"아니, 그래도 청소년 영화에 러닝은 좀…… 뱃살도 보일 텐데……."

까칠한 유주마저 킥킥거렸다. 재승의 아빠는 아이들의 잔소리에 못 이겨 결국 방으로 들어갔다.

"너희 아빠 귀여우시다. 근데 너랑은 하나도 안 닮았는데? 넌 엄마 닮았냐?"

"응."

원래 영화를 찍기로 했던 곳은 회장의 집이었지만, 회장의 아빠에게 급한 일이 생기는 바람에 재승의 집으로 촬영 장소가 변경됐다. 재승의 아빠는 결국 집에서 입는 러닝셔츠에 후줄근한 반바지를 입고 소파에 앉았다. 소진이 맥주 캔과 땅콩이 담긴 접시를 준비하는 동안 재승은 주식 프로그램을 틀었다. 회장이 카메라를 들고 다가오자 재승의 아빠는 어깨를 움찔했다.

"거실 전등은 끄고 텔레비전 조명만으로 갈 거예요. 유주가 들어오면서 인사할 텐데 그쪽은 쳐다보지 마시고 텔레비전만 보시면 돼요. 어렵지 않으시죠?"

"이야, 넌 진짜 감독 같구나. 리틀 봉준호가 따로 없다. 맥주도 마실까?"

"음, 자연스럽게 한 번 정도 드세요."

회장이 재승에게 카메라를 넘겼다. 그러고는 아빠의 코끼리 같은 다리를 들었다 내렸다 하며 자세를 잡아 주었다. 유주가 말했다.

"머리도 좀 헝클어뜨려."

회장이 '죄송합니다.'라고 말하며 아빠의 얼마 없는 머리카락을 헝클어뜨렸을 때는 모두가 웃음을 터뜨렸다. 회장은 거실 전등을 끄고 아빠를 시험 촬영 했다. 가만히 앉아 있을 뿐인데도 어색하다. 숨도 안 쉬는 것처럼 온몸이 경직되어 있다. 아빠의 로봇 같은 모습을 본 재승은 그제야 유주의 연기가 얼마나 자연스러웠는지 실감했다.

"그럼 촬영 시작하겠습니다. 아저씨, 배에 힘 너무 안 주셔도 돼요. 갑니다, 레디…… 고!"

소진과 재승은 부엌에 선 채 숨을 죽였다. 유주가 현관문을 열고 들어오자 천장에 달린 센서 등이 켜졌다.

재승의 아빠는 텔레비전을 보며 맥주 캔을 들어 올리는데…….

"엔지! 아저씨, 죄송하지만 손을 너무 떠시는데……."

"내가 수전증이 좀 있어서. 이걸 어쩌냐."

"차라리 동작이 없는 편이 낫겠어요. 그냥 텔레비전만 보세요."

"그래, 미안하다."

"자, 다시 갑니다. 레디…… 고!"

아빠가 텔레비전을 부릅뜬 눈으로 노려보는 동안 유주가 다시 등장했다. 유주가 아빠를 향해 인사하자 아빠의 머리가 공포 영화에 나오는 인형처럼 유주를 향해 뻣뻣하게 돌아갔다.

"엔지!"

보다 못한 재승이 아빠 쪽으로 걸어갔다.

"딸한테 관심 없는 아빠라고 했잖아요. 그냥 앞만 보라니까 고개는 왜 돌리는데?"

"까먹었다."

아빠의 관자놀이로 굵은 땀이 흘러내렸다. 소진이 티슈로 아빠의 땀을 닦아 주었다.

"애들 앞에서 이게 무슨 꼴이냐. 내가 면목이 없다. 이번엔 진짜 잘할게."

금세 끝날 줄 알았던 촬영은 엔지를 다섯 번이나 낸 끝에 마무리됐다. 땀으로 범벅이 된 재승의 아빠는 아이들을 위해 피자를 주문한 뒤 욕실로 뛰어들었다. 회장이 물었다.

"네 방은 어디야? 구경해도 돼?"

재승은 자신의 방으로 아이들을 데려갔다. 그러고 보니 소진도 이 방에는 들어온 적이 없다. 방을 둘러보던 유주가 입을 벌렸다.

"방이 왜 이렇게 깨끗해? 너 결벽증 있냐?"

회장도 말했다.

"우리 온다고 너무 열심히 치운 거 아냐? 책상에 지우개 가루 하나 없네. 근데 2층에는 누가 살아? 엄마는 외출하셨어?"

이래서 혼자가 편했던 거다. 친구를 사귀고 싶지도, 집에 데려오고 싶지도 않았다. 같이 어울리다 보면 가족에 대해서 말하게 될 수밖에 없으니까. 2층은 돌아가신 엄마의 작업실이라고 말하려는 순간 초인종이 울렸다. 회장이 외쳤다.

"피자다!"

예정보다 길어진 촬영 때문에 벌써 8시가 넘었다. 저녁때를 놓친 아이들은 한동안 열심히 피자만 먹었다. 회장이 말했다.

"이제 마지막 장면만 찍으면 끝이야. 제출 기한이 6월 15일이고 오늘이 8일이니까 편집 기간도 넉넉해."

"저기…… 나 할 말이 있는데."

아이들의 시선이 소진에게 쏠렸다. 소진의 얼굴은 벌써 붉어져 있었지만 결심한 듯 말을 이었다.

"원래는 주인공이 학교 애들까지 모조리 사라지게 하고 후련해하는 게 마지막 장면이었잖아. 그런데 좀 더 희망을 주는 결말로 바꾸면 어떨까 싶어."

재승이 물었다.

"예를 들면?"

"물론 내 삶은 내가 행복하게 만들어야 하지만…… 누구도 나의 삶을 구해 주지 않을 수도 있지만…… 그래도 나한테 마

128

음을 써 주는 사람이 있다면 좀 더 힘을 낼 수 있지 않을까? 그래서 이런 장면을 생각해 봤어. 학교 애들까지 다 사라지게 만든 주인공이 정류장에서 버스를 기다리는데 갑자기 코피가 나. 당황한 주인공에게 처음 보는 아이가 휴지를 건네주며 괜찮냐고 묻는 거지."

유주가 중얼거렸다.

"마지막 장면만 대사가 나온다?"

"응. 주인공은 이 세상에서 완전히 혼자라고 생각했는데 정말 의외의 인물이 주인공을 위로해 줘. 주인공이 어떤 반응을 보일지는 더 고민해야 할 것 같아. 복잡한 표정으로 마무리해도 괜찮을 테고……."

아이들은 저마다 생각에 잠겼다. 이윽고 회장이 침묵을 깼다.

"일단 찍기 어려운 장면은 아니야. 사실 나도 결말이 걸리긴 했어. 영화가 처음부터 끝까지 너무 어둡기만 해서. 주인공에게 필요했던 건 거창한 도움이 아니라 따뜻한 한마디일 수도 있었는데. 나는 결말 바꾸는 거 찬성!"

유주가 말했다.

"대사 없이 쭉 가다가 마지막에 만난 애가 '괜찮아? 도와줄까?' 하고 묻는 거지? 오, 대박인데?"

아이들의 시선이 재승에게 향했다. 소진이 그런 결말을 떠올

린 이유가 자신 때문일지도 모른다는 생각에 재승의 뺨도 소진
만큼 붉어져 있었다.

재승이 말했다.

"나도 찬성."

아이들을 집 앞까지 배웅하는데 유주가 말했다.

"난 박재승이랑 할 말 있으니까 너희 먼저 가."

뜻밖의 말에 재승은 자기도 모르게 소진의 눈치를 살폈다.
재승과 유주는 대문가에서 멀어지는 아이들의 모습을 응시했
다. 아이들이 시야에서 사라질 때쯤 유주는 참았던 한숨을 쉬
었다.

"너, 미래를 맞힌다던데."

할 말이 있다고 할 때부터 어느 정도는 예상하고 있었다. 교
실에서는 만날 엎어져 있더니 다른 애들이 하는 얘기는 다 듣
고 있었나 보다.

"내방 오디션 결과가 일요일까지는 나온댔거든. 그래서 말인
데 나 오디션 결과 좀 미리 알려 줄래? 초조해서 미치겠단 말야."

"일요일이면 내일이잖아. 그냥 하루만 기다려."

더 깊어진 유주의 한숨이 밤공기 사이로 흩어졌다. 고양이
같은 커다란 눈이 가로등 불빛 아래에서 촉촉하게 반짝였다.

"아카데미에 있는 다른 애들은 엄마 아빠가 아이돌 되는 거 반대한대. 대부분은 부모님을 간신히 설득해서 다니고 있더라고. 근데 우리 집은 반대야. 아빠는 별 관심 없지만 엄마는 나 데뷔시키는 데 목숨 걸었어. 내가 초등학생 때부터 넌 연예인이 딱이라면서 아카데미 같은 곳에 등록시켰다고. 그런데 자꾸 오디션에 떨어질 때마다 엄마가 실망하는 게 보여. 입으로는 괜찮다고 하지만 날 한심해하는 게 얼굴에 다 써 있다고. 짜증 나서 이번에도 떨어지면 다 때려치울 거라고 하니까 그제야 소리를 지르더라. 지금까지 너한테 바친 돈이 얼마인지 아느냐고."

"야, 정유주. 그럼 지금까지 엄마 때문에 그런 데 다닌 거야?"

"아니야! 처음에는 나도 유명한 아이돌이 되고 싶었는데 지금은 모르겠어. 솔직히 말하면 이제 너무 지쳤어. 이번에는 붙었을까 덜덜 떨며 기다리는 건 제발 그만하고 싶다고."

"오디션은 왜 자꾸 떨어지는데?"

"샘 말로는 보컬 실력이 부족하대. 얼굴이나 춤으로 밀어붙이자니 나 정도 되는 애들은 널렸고."

유주는 결국 손등으로 눈물을 훔쳤다.

"내일까지 결과 나오는 거 확실해?"

"그렇다고 했잖아."

"지금은 잘 모르겠고, 이따 느낌이 오면 카톡 보낼게."

"근데 넌 미래를 어떻게 맞혀? 어른 되면 무당이라도 되는 거야?"

"넌 그게 부탁하는 사람의 자세냐?"

"우리 엄마가 나 때문에 점도 많이 보러 다녔거든. 점 보는 것도 엄청 비싸대. 한번은 엄마가 그러더라, 무당은 평생 직업이라 쏠쏠하다고."

유주의 어이없는 말에 재승은 결국 웃고 말았다. 유주도 눈물 맺힌 눈으로 함께 웃음을 터뜨렸다. 잘될 거라고 말하려다 입을 다물었다. 유주에게 섣부른 희망을 주고 싶지는 않았다.

블랙북이 어떤 답을 줄지는 누구도 모른다.

방에 들어온 재승은 블랙북을 펼쳤다. 소진의 아빠는 그날 뒤로 소진의 집에 오지 않는다. 괜히 유주에 대한 질문을 썼다가 내일 소진의 아빠가 집에 들이닥치면 어쩌지. 내일은 일요일이니까 회사에도 안 갈 텐데.

불안했지만 그렇게 운이 없지는 않을 것이다. 오늘은 유주를 위해 블랙북을 쓰기로 했다. 재승은 샤프를 들고 질문을 썼다.

Q: 정유주는 내일 아이돌 오디션에 합격했다는 연락을 받을까?

답을 확인하기 위해 책을 덮었지만 다시 펼칠 수가 없었다.

어느새 재승도 유주의 합격을 간절히 바라고 있었다.

마침내 책을 펼친 재승은 블랙북의 대답을 오랫동안 바라봤다.

*

월요일 아침, 유주는 교실로 들어오자마자 재승의 자리로 직
행했다.

"네가 신도 아니고 틀릴 수도 있잖아. 오디션에서 떨어질 확
률이 더 높으니까 네 맘대로 그렇게 얘기한 거 아냐? 어제까지
결과를 알려 주겠다고는 했지만 바빠서 발표가 미뤄졌을 수도
있잖아. 말 좀 해 봐!"

떠들던 아이들이 순식간에 조용해졌다. 울었는지 유주의 얼
굴은 퉁퉁 부어 있다. 부탁대로 결과를 알려 줬을 뿐인데 유주
를 떨어뜨린 기획사 사장이라도 된 기분이다.

재승이 말했다.

"너무 실망하지 마. 다음이 있으니까."

"다음? 나한테 그딴 게 어딨어! 내가 지난번에 했던 말 못 들
었어? 내년이면 고등학생인데 이제 어떻게 데뷔를 해!"

나도 네 합격을 진심으로 바랐어.

하지만 블랙북은 언제나 진실만을 말하고, 그건 나도 어쩔
수 없어.

수업이 끝난 뒤, 아이들은 마지막 촬영을 위해 버스 정류장
으로 향했다. 승객이 한산한 곳을 찾느라 정류장을 몇 개 지나
치는 동안에도 유주는 핸드폰을 수없이 들여다봤다. 주인공에
게 티슈를 건네주는 사람은 소진이 연기하기로 했다. 카메라를
든 회장이 정류장 의자에 앉은 유주와 소진을 시험 촬영 했다.
소진은 회장의 여동생이 다니는 근처 여자중학교의 교복으로
갈아입고 있었다.

재승이 회장에게 속삭였다.

"마지막 장면은 어쩔 거야? 유주가 어떤 감정을 드러낼지 아
직 상의 안 했잖아."

"나도 모르겠어. 유주가 저러고 있으니까 말도 못 꺼내겠다.
일단 자연스럽게 가 보고 아니다 싶으면 날짜를 다시 잡자고."

재승은 미리 준비한 빨간 물감을 유주의 오른손에 묻혀 주
었다. 유주는 재승의 시선을 피해 고개를 돌렸다.

회장이 물었다.

"정유주, 연기할 수 있겠어? 아직 여유가 있으니까 다음에
촬영해도 되는데."

"장난하냐, 여기까지 왔는데. 빨리 찍기나 해."

"저기, 그럼……."

"또 뭐?"

"핸드폰은 잠깐 박재승한테 맡겨."

재승에게 핸드폰을 넘기기 전에도 유주는 다시 한번 문자메시지를 확인했다. 회장이 한숨을 쉬었다.

"이소진, 너도 준비됐어?"

"응."

카메라를 든 회장이 큐 사인을 보냈다. 지나가는 차들을 응시하던 유주는 고개를 젖히고 손을 코에 댔다. 옆에 있던 소진이 티슈를 건네며 속삭였다.

"괜찮아? 도와줄까?"

유주의 눈에 눈물이 고였다. 재승은 유주를 보며 블랙북을 생각했다. 그 책을 발견한 건 행운이라고 믿었다. 쓸모가 많은 책이라고 생각했다. 소진의 경우는 확실히 그랬다. 아빠의 폭력에서 소진을 한 번이라도 구할 수 있었으니까.

하지만 유주는.

어차피 겪을 좌절이라면 조금이라도 결과를 빨리 아는 편이 나을까, 아니면 몇 시간이라도 기대감에 젖어 행복한 미래를 꿈꾸는 편이 나을까. 무엇이 정답인지는 모르겠지만 이번 일에 관여해서는 안 됐다. 일이 순리대로 흘러가도록 두었어야 했다. 결과를 알기까지의 초조함도, 미래에 대한 아름다운 상상도 오롯이 유주의 몫이어야 했다. 재승이 결과를 알려 준 바람에 유주는 오히려 혼란에 빠지고 말았다. 늦게라도 연락이 올지 모른다는 헛된 기대가 유주를 더욱 괴롭히고 있었다.

회장은 숨을 멈춘 채 카메라를 유주 곁으로 들이밀었다. 마침내 유주가 소진을 바라보며 대답했다.

"응, 고마워."

정류장에 도착한 버스가 촬영을 방해할 때까지 회장은 카메라를 끄지 않았다.

3

> 얘들아, 나 코로나래. 열이 안 떨어져서 내일 결석할 듯.
> 영화 편집은 기한 안에 끝낼 테니까 걱정하지 마!
>
> 오후 9:03

재승은 눈을 껌벅이며 핸드폰 화면을 쳐다봤다.

아직도 코로나에 걸리는 사람이 있구나.

초등학생 때부터 이어진 회장의 개근 신화는 결국 때늦은 코로나 바이러스에 발목을 잡히고 말았다. 아픈 사람을 두고 이런 생각을 하자니 미안하지만 회장의 카톡을 보자 재승도 목이 칼칼한 기분이다. 카톡 알림음이 다시 울렸다. 유주다.

> 드디어 결석이냐? 많이 아픔?
>
> 오후 9:06

아프지… 병원에서는 열만 잡히면 될 것 같다는데ㅠ.ㅠ 　오후 9:06

편집 가능? 못 하겠으면 우리한테 빨랑 넘겨. 　오후 9:07

어차피 학교도 못 가니까 틈틈이 해 볼게!
근데 넌 아이돌 아카데미 진짜 그만뒀어? 　오후 9:07

관둔다고 했잖아. 네 걱정이나 해. 　오후 9:09

　재승은 빨리 나으라는 메시지를 쓴 뒤 달력을 봤다. 영화 파일을 제출해야 하는 기간은 이틀 뒤인 6월 15일. 그날 시청각실에서 3학년 1반의 네 모둠이 만든 단편 영화 상영회가 열린다. 편집을 도와주리라 믿었던 회장의 엄마는 쓸 만한 영상 편집 프로그램을 알려 준 뒤 손을 뗐다. 자기 같은 전문가가 수행평가를 도와주는 것은 공정성에 어긋난다나.

　이번에는 벨소리가 울려 핸드폰을 봤다. 화면에 뜬 소진의 이름을 본 순간 가슴이 철렁했다.

　오늘은 수요일인데. 수요일은 아빠가 오지 않는 날이라고 했는데 혹시…….

　"여보세요? 너 무슨 일 있어?"

　"박재승! 너희 집 앞인데 잠깐 나올 수 있어?"

대문까지 나가는 그 짧은 시간 동안, 재승의 머릿속은 불길한 상상들로 가득 찼다. 대문을 열면 온몸이 상처투성이가 된 소진이 서 있을 것만 같았다.

"여기야!"

대문가에 서 있던 소진이 손을 흔들었다. 재승의 눈동자가 소진을 신속하게 스캔했다. 처음 보는 반바지에 헐렁한 맨투맨 차림. 다리는 다친 곳이 없고 얼굴도 마찬가지다. 그제야 어색함과 함께 퉁명스러운 목소리가 튀어나왔다.

"뭐야, 갑자기?"

"너한테 알려 주고 싶은 소식이 있어서. 우리 엄마 아빠 이혼한대!"

"정말?"

"너희 집에서 잔 날 아빠가 집에 왔을 때 무슨 얘기가 있었나 봐. 엄마가 아까 저녁 먹으면서 말해 줬는데 아빠랑 결국 이혼하기로 했대."

"그럼 너는 어떻게 되는 건데?"

"지금처럼 엄마랑 둘이 살겠지. 그래도 아빠는 더 이상 안 올 테니까 네가 저녁마다 귀찮게 카톡 안 해 줘도 되고……."

소진의 얼굴은 편안해 보였다. 대부분의 아이들은 부모의 이혼이 싫겠지만 폭력을 휘두르는 아빠가 불시에 들이닥치는 상황이라면 이야기가 다르다.

"잘됐다. 다행이야."

"그동안 도와줘서 고마워. 네가 없었으면 어떻게 버텼을지 모르겠어. 카톡으로 알려 주려다 그래도 직접 말하는 게……."

"잘했어. 너, 여기에서 몇 분만 기다릴래? 가지 말고 기다려!"

재승은 대답도 듣지 않은 채 대문 안으로 뛰어들었다. 현관을 향해 뛰어가다 슬리퍼가 벗겨질 뻔했다. 방으로 들어가 블랙북이 6월 첫날에 준 분홍색 장미를 연필꽂이에서 집어 들었다.

꽃만 덜렁 주기는 뭣하니 포장이라도 해 주고 싶은데.

서랍장에서 2층 열쇠를 꺼내 다시 현관문으로 나왔다. 담장 너머로 소진의 정수리가 보였다. 발소리를 죽인 채 2층으로 이어지는 계단을 올라가 열쇠를 밀어 넣었다. 어렸을 때만 해도 자주 드나들던 곳이라 어떤 물건이 있는지는 대충 알고 있다. 전등을 켜자 익숙한 풍경이 펼쳐졌다.

종이들이 쌓인 책상과 벽에 촘촘히 붙은 엄마의 그림, 그리고 한쪽 벽을 메운 책장.

재승은 책상에 놓인 종이들 속에서 흰색 한지를 발견했다. 아직도 성성한 장미를 한지로 조심스레 감싼 뒤 서랍에 있던 노끈으로 장미와 한지를 한데 묶었다. 꽃집에서 파는 꽃다발과는 비교도 안 될 만큼 초라하지만 그래도 소진에게 블랙북이 선물한 꽃을 주고 싶었다.

블랙북이 없었다면 소진을 돕지 못했을 테니까.

재승은 숨을 고르며 다시 아래로 내려갔다.

"이거, 선물."

"꽃이네? 갑자기 어디에서 났어?"

"음…… 우리 집 마당?"

부끄러움이 밀려왔다. 그래도 엄마 아빠가 이혼한다는데 꽃을 주는 게 맞는 걸까. 아까는 왜 이런 생각을 못 했지. 이불이라도 있으면 뒤집어쓰고 싶은 심정이었지만 소진은 기쁜 얼굴로 꽃향기를 맡았다.

"예쁘다, 고마워."

소진의 미소를 보는 순간 가슴이 서늘해졌다.

그렇게 심각했던 문제가 이렇게 쉽게 끝날 수 있을까. 소진의 아빠는 다시는 소진을 괴롭히지 않을까.

재승은 자꾸만 이어지는 찝찝한 생각들을 억지로 쫓아냈다. 가끔은 단순하게 풀리는 일도 있는 법이다. 소진의 엄마도 더이상 버틸 수 없었을 테고, 그래서 이혼하기로 했을 것이다. 소진은 행복해질 것이다.

이제는 그래야만 한다.

다음 날, 회장은 예고했던 대로 학교에 오지 않았다. 담임은 긴 머리를 쓸어 넘기며 반에 코로나 환자가 발생했으니 몸이 안 좋은 사람은 자가 키트로 검사를 해 보라고 했다.

수업이 끝난 뒤 아이들은 회장에게 전화를 걸었다. 회장은 잔뜩 잠긴 목소리로 편집이 거의 마무리됐으니 걱정하지 말라는 말만 되풀이했다. 원래 계획은 회장이 편집을 마친 뒤 다 함께 영화를 감상하고 고칠 부분을 상의하는 것이었지만, 남은 아이들은 이제는 그저 초조하게 기다릴 수밖에 없었다.

유주가 물었다.

"박도령, 우리 영화 어떻게 될까? 망해, 아니면 잘돼?"

"글쎄. 지금은 아무 느낌도 안 와."

아이돌 아카데미를 그만둔 유주는 더 이상 수업 시간에 엎드려 있지 않았다. 공부를 열심히 해 보기로 마음먹었는지, 아니면 늦게까지 연습을 하지 않아 덜 피곤한 건지는 알 수 없다. 소진과는 언제 친해졌는지 둘은 이제 단짝처럼 함께 다닌다.

"아, 모르겠다. 어떻게 되겠지, 뭐. 야, 이소진. 우리 편의점 갔다 올래? 내가 쏠게."

회장은 그다음 날도 학교에 오지 않았다. 이제 단편 영화 상영회는 내일로 다가왔다. 회장은 책임감 있는 녀석이니 영화의 질이 어떻든 완성된 파일을 가지고 학교에 올 것이다.

우리가 만든 영화는 어떤 모습일까. 과연 아이들에게 좋은 평가를 받을까.

재승은 블랙북을 펼치고 질문을 썼다.

Q : 우리 모둠이 만든 영화는 내일 좋은 평가를 받을까?

대답이 Yes라면 오늘 밤 재승은 아무 걱정 없이 잠들 것이다. 내일에 대한 설렘이 있을 자리에는 안도감만이 남을 것이다.

하지만 No라는 대답을 받는다면.

다른 모둠이 만든 영화가 훨씬 낫다면 기분이 좋을 리 없다. 내일 벌어질 일을 알아 버렸으니 어떤 기대도 없어질 것이다. 아니, 기대는커녕 학교에도 가기 싫어질지 모른다.

재승은 마음속으로 중얼거렸다.

내일에 대한 기대라.

사람들은 미래를 불안해하고 두려워한다. 미래에 벌어질 일을 아는 사람은 아무도 없기 때문이다. 그래서 행복한 미래를 꿈꾸며 종교를 가지거나 미래를 빨리 알고 싶어 점을 보기도 한다. 그런 면에서 재승은 엄청난 행운을 잡았는지도 모른다. 단지 내일의 일일지라도 블랙북을 통해 미래를 알 수 있으니까.

하지만.

재승은 블랙북을 가만히 바라봤다. 질문을 썼던 페이지는 다음 날이 되면 사라지기에 블랙북의 두께는 처음 발견했을 때보다 줄어 있었다. 재승은 사라진 페이지들과 함께 지나간 시간들을 떠올렸다. 힘들게 쓴 시나리오, 유주를 못마땅하게 생각한 순간들, 아이들과 함께한 영화 촬영.

그리고 소진.

쉽지 않았던 순간도, 뿌듯했던 순간도 있었다. 영화가 좋은 평가를 받지 못한다 해도 우리는 각자의 자리에서 최선을 다했다. 그건 어떤 사실들보다도 자랑스러웠고, 재승의 가슴을 벅차게 만들었다. 그러니 영화에 대한 결과는 내일 알고 싶다. 블랙북은 미래를 바꿔 주는 책이 아니다. 바꿀 수 없는 것들은 받아들이고, 오늘은 그저 내일에 대한 기대를 안고 잠들고 싶다.

나의 미래는 블랙북의 대답이 아니라 내가 지금까지 무엇을 했느냐에 달려 있으니까.

재승은 샤프로 썼던 질문을 지우고 새로운 질문을 적었다.

Q: 블랙북, 내일은 회장이 완성된 영화를 가지고 학교에 오겠지?

블랙북의 대답을 확인한 재승은 미소와 함께 책을 덮었다.

이거면 충분하다.

144

4

국어 선생님이 리모컨을 누르자 영화가 상영될 슬라이드 화면이 내려왔다. 시청각실에 가득하던 웅성거림이 한순간에 멈췄다. 3학년 1반 아이들은 저마다 긴장한 얼굴로 화면을 응시했지만 그중에서도 가장 속을 끓이고 있는 사람은 유주와 소진이었다. 유주가 옆자리에 앉은 재승에게 고개를 돌렸다.

"우리 어떡해! 회장한테 전화 좀 해 봐!"

"전화가 어딨어. 조회 때 핸드폰 냈잖아."

재승은 의자에 등을 기대며 말을 이었다.

"올 거야, 걱정하지 마."

소진이 물었다.

"이제 시작하는데?"

"와. 내 말 믿어."

준비를 마친 선생님이 강연대 앞에 섰다.

"오늘이 드디어 3학년 1반의 단편 영화 상영회가 열리는 날이네. 짧은 시간 동안 모두 고생 많았어. 지금부터 네 모둠의 영화를 한 편씩 감상할 텐데…… 아직도 파일을 안 낸 모둠이 있네? 너희는 뭐니?"

재승이 손을 들었다.

"최종 편집을 맡은 애가 코로나에 걸려서요. 파일을 가지고 온다고 했어요."

"언제? 제출 기한은 국어 시간 전까지라고 했잖아."

"죄송하지만 다른 모둠 영화부터 틀어 주세요. 꼭 올 거예요."

"내가 몇 번이나 경고했지? 이번 시간이 끝날 때까지 안 가져오면 너희 모둠은 최하점이야."

그 말을 듣는 순간, 재승의 머릿속에 불길한 종소리가 울렸다. 회장이 파일을 내일 '언제' 가져오는지는 블랙북에게 묻지 않았다. 파일을 가져온다면 당연히 국어 시간 전까지라고 생각했으니까. 질문을 잘못 썼다는 깨달음과 함께 재승도 초조해지기 시작했다.

세 아이의 걱정과는 아랑곳없이 다른 모둠들이 만든 영화가 시작됐다. 친구들의 얼굴이 화면에 등장하자 끊임없는 웃음과 환호성이 터졌다. 아이들의 연기는 어색했지만 그래서 더 매력

적이기도 했다. 영화의 주제는 다양했다. 학교 폭력, 부모의 교육 학대, 진로에 대한 고민 등 아이들이 할 법한 고민들이 고스란히 담겨 있었다. 그 시간을 즐기지 못하는 사람은 재승과 소진, 유주뿐이었다. 세 아이의 시선은 화면보다는 문 쪽에 머물러 있는 시간이 길었다.

그리고 세 편의 영화가 끝날 때까지 회장은 나타나지 않았다.

재승과 소진, 유주는 시청각실을 나왔다. 다른 아이들은 안됐다는 얼굴로 세 아이를 흘끔거리며 지나갔다. 유주가 분하다는 듯이 발을 굴렀다.

"뭐야, 박도령! 회장이 오긴 뭘 와! 우리 이제 어쩔 건데? 이럴 줄 알았으면 아프다고 했을 때 진작 파일을 받을 걸 그랬잖아!"

하지만 블랙북의 대답은 이번에도 사실이었다. 회장이 나타난 건 종례가 끝난 뒤였지만.

마스크를 낀 회장이 복도에서 아이들을 기다리고 있었다.

"진짜 미안……. 학교에 일찍 가서 유에스비를 내리려고 했는데…… 약을 먹고 잠깐 침대에 누웠는데 일어나 보니까……."

회장은 고개를 떨군 채 간신히 말을 이었다.

"국어 선생님한테는 다 내 잘못이라고…… 너희 점수는 깎지 말라고 말씀드릴게. 정말 미안하다."

유주가 허리를 숙이고 회장의 얼굴을 들여다봤다.

"헐, 너 우냐?"

'수행킹'이라는 별명이 괜히 붙었을까. 성실하고 욕심도 많은 녀석이다. 모둠원들에게 폐를 끼쳤다는 미안함까지 더해졌을 테니 제일 속상한 사람은 회장일 것이다. 늘 긍정적이던 녀석이 눈물을 쏟는 모습을 보니 측은함이 밀려들었다.

재승은 회장에게 손을 내밀었다.

"유에스비 줘 봐."

*

"준비됐지? 재생한다!"

유주가 마우스를 클릭한 뒤 아이들이 앉아 있는 의자로 뛰어왔다. 슬라이드에서 쏟아지는 불빛이 어두운 시청각실을 밝혔다. 국어 선생님에게 파일을 제출하기 전, 아이들은 시청각실에서 자신들만의 상영회를 열기로 했다. 소진이 쓴 'BlackBook'이라는 글씨가 오프닝 화면에 떠오르자 유주가 탄성을 질렀다.

"진짜 잘 썼다! 저렇게 글씨 쓰는 걸 뭐라고 하지? 칼리……."

"캘리그라피."

회장의 대답에 유주가 주먹을 흔들었다.

"지각한 주제에 조용히 해라!"

소진이 멋쩍게 말했다.

"배경 색이랑 음악은 회장이 깔았어."

회장은 마스크를 끌어올리며 기침으로 대답을 대신했다. 아이들은 서로의 얼굴을 쳐다보며 뿌듯한 미소를 지었다.

오프닝 화면이 지나고 첫 장면이 시작됐다. 촬영 기법 때문에 화면은 종종 흔들렸지만 그만큼 생동감이 느껴졌다. 영화가 이어질수록 아이들은 숨소리도 내지 않은 채 영화에 몰입했다. 재승의 아빠가 등장하는 장면에서는 웃음이 터졌지만 회장이 고른 묵직한 음악에 아이들은 다시 진지해졌고, 블랙북에 쓴 우울한 소원들이 차례로 이루어지는 장면에서는 다 함께 한숨을 내쉬기도 했다.

영화는 마지막 장면으로 접어들었다. 후회와 희망이 뒤섞인 유주의 얼굴이 사라지고, 이내 아이들의 이름이 적힌 크레딧 화면이 떠올랐다. 아무도 자리에서 움직이지 않았다. 소진과 유주가 훌쩍이는 소리만이 넓은 시청각실에 흩어졌다. 회장은 이제야 긴장이 풀렸는지 머리를 기댄 채 눈을 감았다. 재승도 혼자 있었더라면 눈물을 훔쳤을지도 모른다. '시나리오 박재승'이라는 크레딧 화면의 글씨가 머릿속을 계속 맴돌았다. 왠지 예전보다 멋진 사람이 된 기분이었다. 친하지도 않았던 아이들과 막막하게만 보였던 일을 시작했고, 저마다의 노력이 모여 결과물을 만들어 냈다.

재승이 회장에게 고개를 돌렸다.

"수고했다."

회장이 눈을 떴다.

"안 보이는 데서 제일 고생한 사람은 소진이야. 소품부터……."

"아니야, 유주가 연기를 너무 잘했어."

"뭐냐, 우리. 오그라드는 칭찬은 그만하자. 나, 너희한테 꼭 하고 싶은 말이 있는데."

모두의 시선이 유주를 향했다.

"나 새로운 꿈이 생겼어. 촬영할 때부터 긴가민가했는데 이제는 확실히 알 것 같아. 고마워, 이 모둠에 뽑아 줘서."

유주의 새로운 꿈이 무엇인지는 아무도 묻지 않았다. 말하지 않아도 알 수 있는 것들이 있으니까.

재승이 말했다.

"인정해라, 정유주. 네가 틀렸다고."

"뭘?"

"너한테 다음은 없다고 화냈었잖아."

재승은 생각했다. 아이돌 오디션은 수없이 떨어졌지만 유주의 새로운 꿈은 분명히 이룰 수 있을 거라고. 유주의 내일은 굳이 블랙북에게 묻지 않아도 알 수 있었다.

재승이 말했다.

"다음은 언제나 있어."

5

일주일 뒤, 네 아이는 종례를 마치고 3학년 5반 교실로 향했
다. 국어 선생님이 담임을 맡고 있는 반이다. 교탁 앞에 있던
선생님은 아이들에게 가까이 오라는 손짓을 보냈다.

"너희 모둠이 찍은 영화 정말 좋았어. 3학년들이 제출한 영
화 중에서 탑으로 꼽힐 정도로. 그래도 제출 기한을 못 지켰으
니 점수는 변하지 않아."

회장이 고개를 숙였다.

"죄송합니다. 그건 다 저 때문이에요."

"혼내려고 부른 건 아니고, 서울시에서 하는 청소년 영화제
에 너희 작품을 출품하면 어떨까 싶어서. 중등부 단편 영화 부
문에 내면 딱일 것 같은데 저작권자는 너희니까 일단 너희 허
락이 있어야겠지? 상이라도 타면 생기부에 쓸 거리도 생기고.

신청 기한이 이번 주까지니까 너희가 좋다고 하면 선생님이 대신 출품해 줄게."

"진짜요? 내 보자, 애들아! 상 받으면 예고 준비에도 도움이 될 텐데, 응?"

유주가 간절한 얼굴로 두 손을 모았다. 유주가 예술고등학교의 연기과로 입시 목표를 세웠다는 건 재승도 알고 있었다. 자신이 주연을 맡은 영화가 상이라도 타면 입시에도 도움이 될 것이다.

회장이 말했다.

"저도 좋아요! 다른 애들한테 못 보여 준 게 아직도 억울하거든요. 그리고 상을 타든 못 타든 좋은 추억이 될 것 같아요."

소진도 고개를 끄덕였다.

"저도 상관없어요. 사실 저도 예고에 가고 싶어서요. 영화 쪽은 아니지만 유주 말대로 도움이 될지도 몰라요."

국어 선생님이 재승을 쳐다봤다.

"넌 왜 대답이 없어? 너, 애들 사이에서 박도령으로 통한다며? 탈락할 거라는 느낌이 와?"

영화제에 보낸다고 해서 영화를 다시 편집해야 하는 일도 없고, 출품도 선생님이 대신 해 준다고 했다. 다시 에너지를 쏟아야 할 일은 없는 데다 다른 아이들도 출품을 원한다. 재승도 굳이 싫다고 할 이유가 없었다.

"아니에요, 저도 괜찮아요."

유주가 호들갑스럽게 박수를 쳤다.

"그럼 영화제에서 상 탈 수 있을까? 넌 다 맞히잖아, 응?"

"글쎄, 좋은 결과가 있겠지."

말을 마친 순간 마음이 흔들렸다.

정말 괜찮을까. 더 조심해야 하는 건 아닐까.

어떤 식으로 심사를 하는지는 모르겠지만 여러 사람이 영화를 보게 될 것이다. 블랙북이 실제로 존재한다는 사실을 아는 사람은 자신뿐이고, 영화에서는 소원을 들어주는 책으로 등장하지만 그래도······.

아니야, 별일 없겠지. 중학생들이 만든 영화를 몇 사람이나 본다고.

재승은 아이들의 들뜬 얼굴을 보며 입꼬리를 간신히 끌어올렸다.

Q

이 책을 아는 사람은
나뿐일까?

1

자정을 앞둔 늦은 밤, 남자는 담당자에게 받은 파일들의 목록을 무거운 심정으로 바라봤다. 지금은 중학생들이 찍은 영화를 보고 있을 때가 아니다. 돈을 구해야 한다. 본심에 오른 영화들을 감상하고 잘된 작품을 뽑아 주면 심사비를 받겠지만, 궁지에서 빠져나가기에는 턱없이 작은 액수다.

10년 전에 발견했던 그 책은 행운이 아니라 저주였을까.

그 책으로 쌓았던 부는 거듭된 투자 실패로 모두 사라졌다.

첫 번째 단편 영화를 노트북 컴퓨터로 재생했다. 대충 보고 잠이나 자자는 심정으로 감상을 성의 없이 메모하며 영화를 봤다. 그렇게 세 번째 영화로 넘어간 순간 머릿속에 전류가 흐르는 기분이 들었다.

영화 제목은 〈블랙북〉.

학교 분리수거장에서 표지와 내지, 가름끈마저 검은 책을 발견한 여학생.

오늘 날짜가 적힌 페이지만 하얗게 변하고, 그곳에 소원을 쓰면 다음 날 그 소원이 이루어진다. 여학생은 자신을 괴롭혔던 것들을 하나씩 없애지만, 마지막에 뜻밖의 친절을 경험하고 후회와 희망이 뒤섞인 복잡한 감정을 느낀다.

우연일까.

내가 가졌던 검은 책은 내일 벌어질 일만을 알려 줬는데.

우연이라고 보기에는 검은 책의 겉모습이 너무나 똑같다.

이 영화를 만든 학생들의 정보는 알 수 없다. 공정한 심사를 위해 크레딧 화면도 빠져 있다. 중등부 참가작이니 이들이 중학생이라는 사실밖에 모른다.

만약 이들 중 한 명이 검은 책을 가지고 있다면……

찾아야 한다.

하지만 누굴까. 반드시 시나리오를 쓴 아이라는 법은 없다. 친구에게 들은 얘기를 가지고 시나리오를 썼을지도 모른다. 게다가 지금 검은 책을 갖고 있다는 보장도 없다. 예전의 기억으로 시나리오를 썼을 가능성도 있다.

침착하자.

완전히 헛다리를 짚고 있는지도 모른다. 이 모든 게 망상일 수도 있지만 놓칠 수 없는 기회다. 조사하면 진실을 알아낼 수 있을 것이다.

일단 시나리오를 쓴 아이부터.

내 사회적 지위를 이용한다면, 그리고 약간의 과장과 거짓말을 보탠다면 이 아이들의 학교와 이름쯤은 알아낼 수 있다.

남자는 10년 전 그날을 떠올렸다.

검은 책을 발견했던 해의 마지막 날, 아쉬움을 담아 적었던 마지막 질문.

Q : 나는 이 책을 다시 만날 수 있을까?

대답은 기대하지 않았다. 검은 책은 내일의 일만을 예지해 주었으니까. 하지만 그 책은 뜻밖에도 Yes라는 답을 들려주었다.

그 책은 거짓말을 하지 않는다. 나는 그 책을 분명히 다시 만날 수 있다.

이 위기에서 탈출할 방법은 그것뿐이다.

2

"최종 발표가 이번 주랬나?"

아빠가 제육볶음을 우물거리며 물었다. 영화를 출품해 준 국어 선생님은 〈블랙북〉이 영화제 본선에 올랐다는 소식을 며칠 전에 전해 주었다. 본선에 오른 작품은 총 네 편. 당선하면 미리 연락을 준다고 했다.

아이들은 반가운 소식에 기뻐했지만 욕심이란 끝이 없는 법. 이제는 다들 당선 전화가 오기만을 기다리고 있다.

"응. 국어 선생님이 접수했으니까 선생님한테 전화가 올걸."

"내 아들 머릿속에서 어떻게 그런 아이디어가 나왔는지 모르겠다. 내 연기도 한몫했겠지만 네가 그런 시나리오를 썼다는 걸 믿을 수가 없다니까?"

"시나리오가 좋다고 다 훌륭한 영화가 되는 줄 알아? 다른 애들도 열심히 해 줘서 그래. 들어가서 숙제할게요."

수학 문제집을 책상에 펼쳤다. 그리고 첫 번째 서랍을 연 순간, 관자놀이에 찌릿한 통증이 밀려왔다. 재승은 서랍을 닫는 것도 잊은 채 부엌으로 쿵쿵거리며 걸어갔다.

"아빠, 오늘 고모 왔다 갔어요?"

"아닐걸? 온다는 말 없었는데. 냉장고에 새 반찬도 없잖아."

재승은 화를 누르며 아빠의 표정을 관찰했다. 아빠는 감정이 얼굴에 고스란히 드러나는 사람이다. 거짓말을 하면 잡아낼 수 있다.

"그럼 아빠가 내 방 들어왔어?"

"그럴 시간이 어딨냐? 나도 약국 문 닫고 지금 퇴근했는데."

"아침에는 내가 먼저 나가니까 그때 들어왔을 수도 있죠."

"안 들어갔다니까 그러네. 왜, 뭐가 없어지기라도 했어?"

"없어진 건 아니고 위치가 바뀌었어. 수학 오답 공책은 언제나 영어 공책 위에 두는데 둘의 위치가 바뀌었다고. 아빠도 알다시피 난 하루에 한 번은 책상을 정리해요. 서랍도 마찬가지고."

아빠는 입을 삐죽이며 싱크대 쪽으로 갔다. 거짓말을 하는 것처럼 보이지는 않는다.

내가 무심결에 공책 놓는 순서를 바꿨나, 그럴 리가 없는데.

"참, 재승아. 여름방학이 7월 30일이랬지? 방학하면 이번에는 꼭 엄마 보러 가자."

"안 가요."

"너 엄마 보러 안 간 지 벌써 2년도 넘었어! 엄마한테 미안하지도 않냐?"

아빠는 좀처럼 목소리를 높이는 법이 없다. 저렇게 소리를 친다는 건 꽤 화가 났다는 뜻이다. 하지만 재승도 물러설 마음은 없었다.

"미안해할 사람은 엄마지. 직접 키우지도 못할 애를 무책임하게 뭐 하러 낳아? 아니지, 설마 애를 낳고 그렇게 허무하게 죽을 줄은 몰랐겠지. 앞일을 알았으면 당연히 안 낳았을 테니까."

"아니야."

"뭐가 아니에요?"

"네 엄마는 그냥…… 평온해 보였어. 수술이 다음 날이면 떨릴 법도 한데 내일 무슨 일이 벌어질지 다 아는 사람 같더라. 엄마는 아직도 너한테 미안해하고 있을 거야."

아빠는 더 이상 재승을 조르지 않았다. 아빠는 모른다. 재승이 엄마를 보러 가지 않는 이유에는 죄책감도 있다는 것을. 재승만 임신하지 않았더라도 엄마는 치료를 제대로 받을 수 있었을 테니까. 그래서 재승이 태어나며 빼앗은 기회들을 다 누리며 살았을 테니까.

엄마가 아직도 나한테 미안해할 거라고?

말도 안 되는 소리. 죽은 사람은 아무것도 느끼지 못한다. 재승이 엄마에 대한 죄책감을 가져도 마찬가지다. 아빠가 추모 공원에 꼬박꼬박 가는 이유도 결국에는 본인의 허전함을 달래기 위해서가 아닐까.

재승은 방으로 돌아와 문을 닫았다. 그리고 수학 오답 공책을 영어 공책 위에 올려놓았다.

그래, 이 자리에 있어야 한다고.

공책의 위치가 바뀐 것을 빼면 방 안의 모든 물건은 제자리에 있었다. 영화 때문에 신경이 예민해졌나. 〈블랙북〉을 영화제에 출품한 뒤로 찜찜한 기분이 머릿속을 떠나지 않는다.

누가 자신을 쳐다보는 듯한 느낌에 재승은 방 안을 다시 한 번 둘러봤다.

*

남자는 메일로 받은 사진을 두 손가락으로 확대했다.

박재승. 남서중학교 3학년 1반.

큰 키에 호리호리한 체격. 작은 두상에 어울리는 차분한 이목구비. 남자는 재승의 얼굴을 바라보다 웃음을 터뜨렸다.

이렇게 빨리 찾을 줄이야. 그 책이 중학생의 손에 들어갈 줄이야.

왜 지금까지 당연히 어른만 가지고 있다고 생각했을까.

마음 같아서는 재승을 당장 만나서 그 책에 대해 이것저것 묻고 싶었다. 그 책을 어디에서 찾았는지, 어떻게 활용법을 알았는지, 그리고 무엇에 썼는지.

남자는 〈블랙북〉이라는 영화를 본 다음 날, 심사 담당자에게 전화를 걸었다. 입이 마르도록 영화를 칭찬한 뒤 도대체 어떤 아이들이 이런 영화를 찍었는지 알고 싶다고 했다. 담당자는 난처해했지만 별다른 의심은 하지 않았다. 남자가 좋은 의도로 알고 싶어 한다고 믿고, 영화를 출품한 국어 선생님의 연락처를 알려 주었다.

남자는 선생님과 통화를 하는 동안 미리 준비한 거짓말을 늘어놓았다.

"당선이 아직 확실하지는 않지만, 영화를 보고 깊은 감동을 받았습니다. '블랙북'이라는 소재가 특히 인상적이넌데 시나리오를 쓴 학생의 아이디어겠지요? 누군지 정말 궁금하네요. 그 학생은 평소에도 글 솜씨가 좋았나요? 아, 이런 이야기는 학생들에게 비밀로 해 주시면 좋겠습니다. 말씀드렸듯이 아직 수상이 정해진 건 아니라서요."

선생님은 기뻐하며 기다리던 정보를 술술 말해 주었다.

시나리오를 쓴 학생은 남서중학교 3학년 박재승.

남자는 그 아이부터 조사하기로 마음먹었고, 사람을 고용해 재승의 주소를 알아냈다. 집을 며칠간 감시한 결과 재승은 아빠와 둘이 사는 것 같았다. 남자는 재승이 책을 가지고 있다면 분실의 위험을 무릅쓰고 들고 다니기보다는 집에 숨겼으리라 생각했다. 집이 빈 사이 고용한 심부름센터 직원이 재승의 방을 뒤졌지만 책은 찾지 못했고, 직원은 남자가 시킨 대로 적당한 위치에 초소형 감시 카메라를 설치한 뒤 집을 나왔다.

책장에 숨겨진 카메라가 그 순간부터 재승의 책상을 비추었다. 자신의 사무실에서 노트북 컴퓨터로 재승을 지켜보던 남자는 재승이 가방에서 검은 책을 꺼낸 순간 숨을 멈췄다. 재승이 책을 덮었다 펼치며 답을 확인할 때는 익숙한 흥분이 온몸에 퍼졌다.

저 아이는 어떤 질문을 썼을까. 그리고 저 책은 어떤 대답을 들려주었을까.

노크 소리와 함께 문이 열리더니 조교가 얼굴을 내밀었다.

"교수님, 안 들어가세요? 벌써 아홉 시가 넘었는데……."

"아, 곧 퇴근할 테니까 먼저 들어가요."

K대 연극영화과 이기섭 교수는 조교를 향해 점잖게 웃으며 노트북을 껐다. 그리고 아까부터 알림음이 울리던 핸드폰을 확인했다. 대출금 상환을 독촉하는 문자메시지들이 그새 몇 건이나 쌓여 있었다.

교수는 사무실 전등을 끄고 문을 잠갔다. 무거운 발소리가 어두운 복도를 울렸다. 아내와 딸은 아무것도 모른다. 가족까지 눈치채기 전에 돈 문제를 빨리 해결해야 한다. 지금 그 책이 필요한 사람은 세상 물정 모르는 중학생이 아니다. 예상과 달리 아이는 학교에 책을 가지고 다니는 모양이다.

제발, 이번에는 성공해야 할 텐데.

교수는 일을 맡긴 심부름센터 직원에게 다시 전화를 걸었다.

3

얇은 교복 셔츠가 몸에 들러붙을 만큼 날씨가 더워졌다. 오늘은 수학 학원으로 곧바로 가는 날이다. 교문 아래로 뻗은 길을 뛰듯이 내려가면서도 어김없이 소진 생각이 났다. 영화 촬영이 끝난 뒤로는 소진과 얘기할 기회가 좀처럼 생기지 않는다.

아빠가 집에 한 번 더 초대하라고 했는데. 이번 주말에 놀러 오라고 해 볼까.

책가방에 넣어 둔 핸드폰 벨소리가 달콤한 계획을 방해했다. 무시하려 했지만 벨소리는 계속 울렸다. 그럴 리가 없다는 걸 알면서도 소진일지도 모른다는 생각에 가방을 옆으로 벗었다.

그 순간, 도로에서 튀어나온 손이 가방을 낚아챘다.

본능적으로 가방 끈을 잡아당겼지만 오토바이를 탄 남자는 가방을 가지고 멀어졌다. 재승은 빨간 헬멧 밑으로 빠져나온

파마머리를 쳐다보며 앞으로 고꾸라졌다. 바닥을 짚은 왼팔에 찌릿한 통증이 퍼졌다. 하굣길에 있던 아이들이 재승을 에워쌌다. 괜찮아? 가방 잃어버렸어? 선생님한테 전화해야 하는 거 아냐? 통증에 부끄러움까지 더해졌다. 이 상황에 그런 생각이 드는 걸 보니 많이 다치지는 않은 모양이었지만 팔꿈치 쪽 통증이 심상치 않았다.

"야, 박재승! 괜찮아? 일어날 수 있겠어?"

웅성거림을 뚫고 익숙한 목소리가 들렸다. 재승은 회장을 향해 간신히 고개를 들었다.

"아빠한테 전화 좀 해 줘."

왼팔에 깁스를 하고 정형외과 복도로 나왔다. 대기실에서 통화하던 아빠가 재승에게 손을 흔들었다. 재승은 아빠가 전화를 끊을 때까지 옆에서 기다렸다.

"괜찮니? 처방전 나오면 우리 약국으로 가자."

"누구랑 통화했어요?"

"너희 담임 선생님."

"왜?"

아빠가 그것도 모르냐는 얼굴로 재승을 쳐다봤다.

"학교 앞에서 이런 일이 생긴다는 게 말이 되냐? 똑같은 사고가 벌어질지도 모르니까 안전 지도에 신경 좀 써 달라고 했지. 살다 살다 별 정신 나간 놈을 다 본다. 뭐 대단한 게 들었다고 중딩 가방을 훔쳐? 드라마에서 보면 꼭 은행 앞에서 오토바이가 지나가면서 여자들 핸드백을 낚아채잖냐."

그렇지. 핸드백에 돈다발이라도 들었다고 생각했을 테니까.

하지만 내 책가방을 훔친 빨간 헬멧은 무슨 생각이었을까.

"선생님은 뭐라셔?"

"자기도 학교에 보고할 테니까 경찰에 꼭 신고하래."

"귀찮게 뭘 신고까지 해요. 나 집에 가면 안 돼? 쉬고 싶은데."

"그래, 학원에도 못 간다고 전화했으니까 먼저 들어가서 누워 있어. 아빠는 경찰서 갔다가 약 지어서 들어갈게. 집에 가서 호신용품이나 잔뜩 주문해야겠다. 후추 스프레이나 호루라기 같은 거 있잖냐."

"그런 걸 뭐 하러 사. 일단 집에 가요."

아빠는 재승을 집 앞에 내려 주고 다시 차를 몰았다. 재승은 교복도 갈아입지 못한 채 침대에 쓰러졌다. 어이없는 사고에 녹초가 되고 말았다. 그새 소문이 났는지 반 단톡방에는 박도령의 안부를 묻는 메시지가 쌓여 있다. 자신에게 일어날 사고는 왜 맞히지 못했냐는 놀림도 함께.

위쪽으로 스크롤해 보니 소문의 근원지는 역시 회장이다. 소진이 따로 보낸 카톡도 보였다. 소진에게만 답장을 보낸 뒤 핸드폰 설정을 무음으로 바꾸고 눈을 감았다.

아, 창피해.

책가방에 들어 있던 물건이라고는 수학 문제집과 필통, 물통뿐이다. 오늘은 지갑조차 가져가지 않았다. 빨간 헬멧의 정체가 날치기 도둑이라면 직업을 하루빨리 바꾸는 편이 나을 것이다. 중학생의 책가방보다는 은행에서 나오는 노인의 가방을 노리는 것이 훨씬 현명한 선택일 테니까.

하지만 그게 아니라면.

혹시 돈이 아니라 블랙북을 노렸다면.

블랙북을 잃어버렸을 수도 있다고 생각하니 몸에 한기가 돌았다. 서랍 속 공책의 위치가 바뀐 뒤로 블랙북은 학교 사물함에 보관하고 있다. 빨간 헬멧이 블랙북을 노렸을 가능성이 조금이라도 있을까. 블랙북의 존재는 나밖에 모르고 아무에게도 말한 적이 없는데.

설마 우리가 만든 영화를 본 누군가일까. 하지만 어린애도 아니고 영화를 보고 블랙북이 진짜 존재한다고 믿는다고? 영화를 본 사람이라고 해 봤자 모둠원들과 영화제에 관련된 사람밖에 없을 텐데.

아니면…… 국어 선생님?

말도 안 돼.

침대에서 일어나 책상 쪽으로 갔다. 재승의 날카로운 눈초리가 책상을 샅샅이 훑었다. 서랍도 일일이 열고 확인했지만 물건의 위치가 변한 곳은 없다. 재승은 아빠에게 전화를 걸었다.

"아빠, 지금 어디예요?"

"경찰서 들렀다가 약국. 마트에서 사골만 사고 들어갈게. 뼈 붙는 데는 사골이 최고거든."

"경찰서에서는 뭐래요?"

"일단 신고 접수했고, 담당 부서에서 다시 연락 준대."

"아빠, 화 안 낼 테니까 솔직히 말해 줘. 그저께 내 책상 서랍 뒤졌어요?"

"하, 거참. 또 그 얘기냐? 넌 누굴 닮아서 그렇게 집요하냐. 진짜 안 뒤졌다니까?"

"그럼 혹시 집에서 없어진 물건은 없어요?"

아빠는 잠시 생각하는 듯했지만 결국 이렇게 말했다.

"없어. 너 자꾸 왜 그러는데?"

"알았어, 사골 안 사도 되니까 그냥 들어오세요."

전화를 끊자마자 다시 벨소리가 울렸다. 아빠인가 싶어 핸드폰을 봤지만 회장의 이름이 떠 있다.

"여보세요."

"박재승! 우리 됐어!"

"뭐가 됐다는 건데?"

"영화제 말야! 우리가 중등부 1등이라고 국어 선생님한테 전화 왔어! 너한테 제일 먼저 연락한 거야. 다른 애들한테도 빨리 말해 주려고!"

"아⋯⋯."

"반응이 뭐 그러냐? 팔 많이 다쳤어?"

"아니, 괜찮아. 아직 좀⋯⋯ 아파서 그래."

"7월 24일이 시상식이래. 토요일 네 시니까 시간 꼭 비워 놔!"

"응."

전화를 끊자마자 책상 의자에 주저앉았다. 블랙북이 준 5월의 튤립과 7월의 해바라기가 연필꽂이에서 재승을 보고 있다. 상을 탄다는 기쁨은 조금도 느낄 수 없었다. 뭔가 잘못되고 있다는 불안만이 마음을 어지럽혔다.

누군가 블랙북을 노리고 있다면 어떻게 해야 하나. 소진에게 사실을 털어놓고 책을 맡길까.

아니다. 그랬다가는 소진까지 위험해질 수 있다.

일단 블랙북을 정말로 노리는 사람이 있는지부터 알아야 한다. 한참을 생각하던 재승은 다시 핸드폰을 들었다. 그리고 소진에게 전화를 걸었다.

가느다란 손가락이 컴퓨터 마우스를 초조하게 두드렸다. 학교 근처에서 가방을 훔치는 위험까지 감수했건만, 직원이 가져온 녀석의 가방에 검은 책은 들어 있지 않았다. 재승은 지금 책상 앞에 앉아 누군가와 전화를 하고 있다. 책장에 숨긴 카메라는 녀석의 행동만을 보여 줄 뿐 목소리까지 잡아내지는 못한다.

녀석의 집에도 가방에도 그 책은 없다.

그렇다면 어디에 숨겼을까.

교수는 메마른 입가를 문질렀다. 보고받은 내용에 따르면 녀석의 동선은 단순하다. 학교와 학원, 집을 오가는 게 전부이고, 주말은 토요일 오전에 학원에 가는 것을 빼면 외출하지 않는다. 녀석의 입장에서 생각해 보자. 중학생이 다른 사람에게 들키기 싫은 물건을 숨길 장소가 어디일까. 이번에도 실패한다면 기회는 한 번뿐이다.

일주일 뒤에 있을 영화제 시상식. 그곳에서 녀석을 직접 대면할 것이다.

4

아이들이 거의 돌아간 학교는 조용했다. 재승은 빈 교실에서 나와 계단을 천천히 내려갔다. 깁스는 풀었지만 일주일 넘게 고정되어 있던 팔은 어색하다. 생각 없이 팔을 휘둘렀다가는 그날의 통증이 다시 몰려올 것만 같다. 운동장에서는 남학생들 네댓 명이 소리를 고래고래 질러 가며 축구를 하고 있었다. 여느 때라면 미간을 찌푸렸겠지만 오늘은 그 소음이 오히려 반가웠다.

재승은 아이들을 바라보다 체육관으로 발길을 돌렸다. 체육관 뒤편에 있는 신발장에서 자물쇠를 열고 블랙북이 든 종이봉투를 꺼냈다. 신발장에는 아빠가 결국 인터넷으로 주문한 호신용품도 함께 들어 있었다.

재승은 봉투를 들고 다시 3층에 있는 교실로 올라갔다.

오토바이 사고를 당한 날. 재승은 소진에게 전화를 걸어 영화 소품으로 썼던 블랙북을 아직도 가지고 있느냐고, 그렇다면 자신에게 달라고 했다. 소진은 의아해했지만 기념으로 갖고 싶다고 하자 금세 책을 갖다주었다.

재승은 그 가짜 블랙북을 자신의 사물함에 넣었다. 블랙북을 훔치려는 사람이 정말로 존재한다면, 방을 뒤지고 가방까지 낚아챌 정도로 그 책을 탐내는 사람이 있다면, 다음에는 학교 사물함을 떠올릴 것 같았다. 사물함에는 자물쇠가 채워져 있지만 마음만 먹으면 부술 수 있을 테니까.

그리고 재승의 불길한 예감은 며칠 뒤 사실로 드러났다.

사물함에 넣어 두었던 가짜 블랙북이 사라졌다. 재승의 물건만 훔치면 의심을 받을 거라 생각했는지 다른 아이들의 물건도 사라졌다. 접이식 우산, 체육복, 줄넘기 등 사라진 물건들은 소소했기에 학교에서도 적극적으로 범인을 잡으러 나서지 않았다.

범인이 처음부터 노렸던 것은 블랙북일 것이다. 그리고 범인은 영화제에 관련된 사람이 분명하다. 영화를 출품하기 전까지 이런 일은 일어나지 않았으니까. 하지만 블랙북이 정말로 존재한다는 사실을 범인은 어떻게 아는 걸까.

어쨌든 그날 뒤로 재승은 진짜 블랙북을 체육관 뒤편에 있는 신발장에 보관했다. 신발장의 위치는 원래 그곳이 아니었다. 학교 리모델링 공사로 학생들의 신발장은 본관 1층에서 체육관 뒤편으로 잠시 이동했다. 범인이 영화제에 관련된 사람이라면 이런 내부 사정까지는 모를 것이다. 게다가 체육관 뒤편은 외부인의 눈에는 띄지 않는 곳이고, 이름이 적힌 사물함과 달리 신발장에는 반과 번호를 뜻하는 숫자만 쓰여 있었다.

교실로 돌아온 재승은 블랙북을 펼쳤다. 블랙북의 대답 덕분에 책을 지금까지 신발장에 무사히 보관할 수 있었다.

재승은 반듯한 글씨로 일주일 동안 썼던 것과 똑같은 질문을 적었다.

Q : 나는 내일도 이 책을 가지고 있을까?

내일은 시상식이 열리는 날이다. 자신의 의심이 사실이라면 범인은 그 자리에 분명히 모습을 드러낸다. 시상식에 빠질 생각은 없다. 블랙북을 끌어안고 집에 숨어 있지는 않을 것이다. 내게는 이 책이 있으니 승부를 걸어 봐도 된다.

하지만 No라는 대답이 나온다면…….

재승은 책을 덮었다 펼쳤다.

블랙북의 대답을 오랫동안 바라보던 재승은 긴 한숨을 내쉬었다.

1

"박재승! 여기야!"

지하철역에 서 있던 회장이 재승을 보고 손을 흔들었다. 반
팔 셔츠도 더운 날씨에 회장은 교복 재킷까지 걸치고 있다.

"다른 애들은?"

"혹시 몰라서 미리 연락해 봤지. 다 제시간에 온댔는데 소진
이가 유주보다 먼저 오지 않을까? 소진이 집이 역에서 제일 가
깝잖아. 그리고 우리가 10분이나 빨리 도착했어."

"나한테는 왜 연락 안 했는데?"

"네가 늦을 리 있냐. 교실에도 제일 먼저 오면서."

날씨 좋은 주말답게 사람들이 에스컬레이터를 타고 줄줄이
역 안으로 들어가고 있다. 정수리를 달구는 뜨거운 햇빛에 불
안하던 마음이 조금이나마 누그러졌다. 회장이 물었다.

"시상식 끝나고 다 같이 저녁 먹기로 한 거 알지? 수상 소감은 준비했어?"

"꼭 내가 해야 돼? 연출은 너잖아."

"이렇게 상 받는 것도 다 네 덕분이니까."

"무슨 소리야?"

"네가 처음에 나한테 다가왔잖아. 그래서 너랑 제일 먼저 친해졌고, 네가 소진이를 하도 걱정하니까 소진이랑 모둠도 같이 하게 됐고. 대배우 정유주는 내가 영입했지만 네가 먼저 다가오지 않았으면 이렇게 다 같이 상 받는 일도 없었을걸?"

"난 너한테 다가간 적 없는데."

"나랑 친해지고 싶어서 말 걸었잖아! 뜬금없이 내 자리에 와서 내일도 학교에 나올 거냐고 묻지 않나. 그때 네 얼굴을 보고 알았지. 아, 박재승도 사실은 외로웠구나. 친구가 엄청 필요하구나. 그렇다면 내가! 도와줘야지!"

회장을 황당하게 쳐다보던 재승은 몇 달 전의 기억을 떠올렸다. 블랙북에 쓸 질문이 필요해서 이것저것 물어봤을 뿐인데 친구가 필요한 외로운 녀석으로 보였나 보다. 하지만 회장의 뿌듯한 표정을 보니 차마 다 오해라는 말은 못 하겠다.

"야!"

유주가 긴 머리를 휘날리며 뛰어왔다. 약속대로 교복을 입긴 했지만 얼굴이 학교에서 볼 때와 다르다. 치마 길이도 짧아 보인다. 회장은 이럴 줄 알았다는 듯이 혀를 찼다.

"정유주. 선생님이 단정하게 하고 오랬잖아. 아줌마들처럼 얼굴에 뭘 그렇게 발랐어?"

"아줌마? 너 돌았냐? 넌 왜 아저씨처럼 재킷까지 입었는데!"

두 사람이 투닥거리는 동안 재승은 시계를 봤다. 약속 시간까지 아직 5분이 남았다. 재승의 시선은 소진을 찾아 거리를 맴돌았다.

*

약속 시간 4분 전.

이날이 오기를 그렇게 기다렸는데 교복 블라우스를 다림질하느라 늦게 생겼다. 신발장 옆에 달린 거울을 보며 블라우스 단추를 허둥지둥 채웠다. 지하철역은 아파트에서 가까우니 늦어도 5분을 넘기지는 않을 것이다. 걸어가는 동안 미안하다고, 최대한 빨리 가겠다고 전화를 해 줘야겠다. 재승의 목소리가 듣고 싶지만 유주도 있는데 남자애한테 전화를 하면 이상하다고 생각할까. 시상식이 끝나면 다 같이 저녁을 먹기로 했기에 부모님들도 부르지 않았다. 엄마에게 말해 봤자 오겠다는 말도 듣지 못했겠지만.

이혼을 결정한 뒤로 엄마는 친구 가게에서 일을 돕고 있다. 늦게 들어온다고 카톡이라도 보내야 하나. 아니다. 그 일은 지하철 안에서 해도 늦지 않는다.

일단 빨리 출발해야 하는데.

허리를 숙인 채 운동화를 신는데 삑삑 소리가 들렸다. 누군가 문밖에서 도어키의 비밀번호를 누르고 있다. 토요일이라 일이 빨리 끝났나. 주말에 교복을 입고 어딜 가냐고 물으면 뭐라고 하지. 변명거리를 생각하는 동안 문이 열렸다. 안으로 들어온 사람의 얼굴을 보는 순간 다리에 힘이 풀렸다. 지독한 술 냄새 사이로 전화벨 소리가 울렸다. 통화 버튼을 누르자 유주의 까랑까랑한 목소리가 튀어나왔다.

"이소진, 어디야! 왜 안 오는데!"

"미안…… 난 엄마랑 갈 테니까 너희 먼저 가."

유주의 대답도 듣지 않고 전화를 끊었다.

아빠가 물었다.

"너희 엄마 어딨어."

재승은 승객들 사이에서 중심을 잡으며 지하철 노선도를 올

려다봤다. 다른 노선으로 갈아탄 뒤에 역에 내려서도 꽤 걸어
야 한다. 유주도 같은 생각을 하고 있었는지 회장에게 물었다.

"진짜 잘 찾아갈 수 있어?"

"4번 출구로 나가서 도보로 15분. 걱정 마, 길 찾기 어플도
있고 지도도 몇 번 봤으니까."

재승이 유주에게 물었다.

"이소진은 엄마랑 진짜 같이 온대?"

"그렇게 말했으니까 그렇겠지."

"목소리는 어땠는데? 이상하지는 않았어?"

"금세 끊어서 잘 모르겠지만 설마 시상식에 안 오겠냐? 소진
이가 상 받는다고 얼마나 좋아했는데."

부모님은 부르지 않기로 약속했는데. 그새 엄마와 시상식까
지 같이 올 만큼 친해졌나.

아이들과 잡담을 나누다 보니 금세 목적지에 도착했다. 4번
출구로 나간 뒤 회장이 핸드폰을 들고 앞장섰다. 유주와 재승
은 회장의 힘찬 발걸음을 따라 종종걸음을 쳤다. 아직도 멀었
냐고 물으려는 순간 회장이 외쳤다.

"어! 담임 선생님 아냐?"

양복을 차려입은 남자가 전봇대 근처에서 담배 연기를 내뿜
고 있다. 유주가 그쪽으로 달려갔다.

"우아, 샘! 양복 입었어요?"

담임은 나쁜 짓을 하다 들킨 학생처럼 담배를 후다닥 껐다. 잔머리 한 가닥 삐져나오지 않을 만큼 깔끔하게 묶은 머리에 수염 자국도 보이지 않는다. 회장이 말했다.

"선생님도 오시는지 몰랐어요. 온다는 말씀 없으셨잖아요."

"국어 샘이 집에 급한 일이 생겼단다. 그리고 원래 오려고 했다. 우리 반 애들이 상을 받는데 밥이라도 사 줘야 할 거 아냐."

재승이 중얼거렸다.

"뭘 양복까지 입으시고……."

"그럼 여기까지 추리닝 입고 오랴? 근데 왜 너희뿐이야, 이소진은?"

"엄마랑 같이 온대요."

담임은 들고 있던 투명 쇼핑백을 유주에게 건넸다. 안에는 큼직하고 화려한 꽃다발이 들어 있다. 유주가 쇼핑백에 코를 대고 꽃향기를 킁킁거렸다.

"저 주시는 거예요? 대박! 완전 예뻐요!"

"너 주는 건 아니고 너희한테 주는 거야. 기념사진도 찍어야 하는데 꽃 한 송이라도 있어야 하지 않겠냐. 무거우니까 네가 들고 다녀라. 뭐 하냐, 슬슬 들어가자."

재승은 담임을 따라가며 낮은 회색 건물을 올려다봤다. 시상식장이라고 해서 훨씬 좋은 건물일 줄 알았는데 길가에 널린 칙칙한 건물들과 다를 바가 없어 보였다. 재승은 입구를 지나며 소진에게 카톡을 보냈다.

'어디야? 오고 있어? 우린 방금 도착.'

핸드폰을 계속 들여다봤지만 읽지 않는다. 불안한 느낌이 또다시 스멀거렸지만 그동안의 사건들 때문에 예민해졌는지도 모른다. 담임과 아이들은 로비에 서서 주변을 어색하게 둘러봤다. 'STAFF'라고 적힌 명찰을 목에 건 여자가 아이들 쪽으로 다가왔다.

"남서중학교 학생들이죠? 들어가시면 앞쪽 자리에 학교 이름이 써 있을 거예요."

안으로 들어가려는데 한 남자가 걸어왔다.

"축하합니다."

담임이 아이들에게 누구냐고 묻는 시선을 던졌지만 아이들도 어리둥절하기는 마찬가지였다.

"이번 영화제 심사위원입니다. 대학에서 영화를 가르치고 있습니다."

"아, 학생들 담임입니다."

담임이 남자와 악수를 나누었다. 대학에서 영화를 가르치면 영화과 교수 같은 건가.

교수는 재승의 아빠와 나이가 비슷해 보였지만 키가 훨씬 컸고, 전체적으로 흐릿한 이목구비와 달리 안경 속 눈은 매섭게 빛났다. 교수는 아이들과도 악수를 나눈 뒤 담임에게 말했다.

"학생들이 만든 영화답지 않게 완성도가 훌륭했어요. 보는 내내 흡족한 마음이었습니다."

회장이 끼어들었다.

"저기, 이 친구가 주연을 맡은 정유주입니다. 꼭 배우가 되고 싶다고 해요."

"어쩐지 연기가 뛰어나다 했어. 나중에 우리 학교에서도 만나면 좋겠구나."

교수는 담임과 몇 마디를 더 나눈 뒤 자리를 떠났다. 유주가 아쉬운 듯 발을 굴렀다.

"아, 뭐야. 더 길게 얘기하고 싶었는데. 영화제 홈페이지에서 보니까 영화로 엄청 유명한 대학교 교수더라고. 저 아저씨 빽이면 예고도 쉽게 들어갈 수 있지 않을까?"

담임이 유주의 머리를 쥐어박았다.

"빽이 아니라 실력으로 가야지, 인마. 배우가 되고 싶으면 당당하게 굴어."

시상식이 곧 시작되니 입장하라는 안내 방송이 들렸다. 재승

은 다른 사람들과 이야기를 나누고 있는 교수의 뒷모습을 바라
봤다.

설마 저 사람은 아니겠지. 교수면 학생들을 가르치는 사람이
잖아. 심사위원은 저 사람 말고도 몇 사람이 더 있었어.

재승은 다시 핸드폰을 꺼냈다. 소진에게 보낸 카톡은 여전히
읽지 않은 상태다. 전화도 해 봤지만 받지 않는다. 뭔가 잘못됐
다는 느낌은 점점 확신으로 변했다.

지금이라도 소진에게 가 봐야 하나.

냉정하게 생각하자. 여기에서 지하철을 타고 소진의 집까지
가려면 한 시간도 넘게 걸릴 텐데.

담임이 자신의 어깨로 재승을 밀었다.

"뭐 하냐. 멍 때리지 말고 들어가."

"선생님, 차 가지고 오셨어요?"

"너희까지 태우고 가려고. 왜?"

"차로 가면 우리 동네까지 얼마나 걸려요?"

"30분 정도?"

재승은 담임의 게슴츠레한 눈을 바라봤다. 담임을 가깝게
생각한 적은 없지만 그래도 우리의 선생님이다. 소진에게 나
쁜 일이 생겼다면 선생님이 훨씬 침착하게 대처할 수 있지 않
을까.

재승이 말했다.

"저, 드릴 말씀이 있어요."

2

"당장 들어오라고 해."

"엄마가 전화를 안 받아요. 카톡 보냈어요."

왜 하필 오늘일까. 주말에는 집에 들이닥친 적이 없는데. 그리고 이제 다 끝난 줄 알았는데.

계속 울리던 재승의 전화는 이제 오지 않는다. 아빠가 앉은 소파 앞에 무릎을 꿇은 채 벽시계를 초조하게 쳐다봤다. 시상식이 시작될 시간이 다가오고 있다. 수상 소감은 재승이 말하기로 했는데. 재승이 어떤 말을 할지 꼭 듣고 싶었는데.

도망칠까.

일어서서 현관문을 열고 나가기만 하면 된다. 재승의 아빠가 힘든 일이 있으면 도와주겠다고 했다. 아저씨의 약국까지 도망치면 아빠가 돌아갈 때까지 보호해 주지 않을까. 하지만 손가락조차 움직일 수가 없다. 심장은 걸음을 재촉하듯 거세게 뛰고 있지만 두려움으로 꼼짝도 할 수가 없다. 도망치다 잡히기라도 하면 어떤 일을 당할지 모른다.

그 순간, 기적처럼 도어키를 누르는 소리가 들렸다. 집 안으로 들어온 엄마의 시선이 아빠와 소진을 차례로 훑었다.

"왜 왔어? 이제 다 끝났는데?"

"사람 뒤통수 친 주제에 그런 소리가 나오냐? 합의 이혼하기로 했으면 순순히 도장이나 찍을 것이지, 네가 뭘 했다고 재산을 그만큼 요구해!"

두 사람의 고성이 오가기 시작했다. 거실 한가운데 무릎을 꿇고 있는 소진은 누구의 안중에도 없었다. 소진은 그새 익숙해진 술 냄새를 맡으며 도대체 무엇이 간신히 찾아온 평화를 깨뜨렸는지 이해하려 애썼다.

"싫으면 소송해. 근데 그거 알아? 소송하면 내가 훨씬 유리해. 당신이 이 집에서 행패 부렸던 증거들 꽤 모아 놨거든. 녹음 파일, 사진, 병원 진단서 다 있어!"

아빠의 벌건 얼굴에서 표정이 사라졌다.

"놀랐니? 그럼 내가 맞고만 있을 줄 알았어? 우리가 이렇게 된 거 어차피 당신 때문이잖아. 그날 당신이 약속대로 소이 놀이공원만 데려갔어도 그런 사고는 안 당했어. 또 술 마시고 늦게 들어와서 소이가 어쩔 수 없이 학교 갔던 거잖아!"

그게 무슨 말이야.

무릎을 꿇고 있던 다리에 힘이 풀렸다. 한 손으로 바닥을 짚으며 옆으로 주저앉았다. 방금 들은 이야기를 해석하기 위해 머릿속이 정신없이 돌아갔다.

소이는 그날따라 기분이 좋지 않았다. 이유를 말하지는 않았지만 뭔가를 하소연하고 싶은 것처럼 보였다. 동생의 마음속에 어떤 말이 있었는지 소진은 늘 궁금했다. 동생이 시무룩해 있던 이유는 놀이공원에 가지 못했기 때문이었다.

아빠가 약속을 지키지 않았으니까.

바닥을 짚은 손이 떨렸다. 소진은 온 힘을 다해 엄마를 노려봤다.

"왜 나한테는 아무것도 말 안 해 줬어?"

"말하면 뭐가 달라지는데? 소이가 살아 돌아오기라도 해?"

"그래도 말했어야지! 그러면서 나한테 네가 대신 죽지 그랬냐고? 자식한테 죽으라고 하는 사람이 부모야? 부모라면 어떻게든 살라고 말해야지!"

소진은 숨을 몰아쉬며 아빠에게 고개를 돌렸다.

"아빠는 왜 그렇게 뻔뻔해? 부끄럽지도 않아? 여덟 살짜리 애랑 한 약속도 못 지킨 주제에 또 술을 마시고 싶어? 아빠가 뭘 잘했다고 우리를 때려!"

아빠가 소파에서 일어나 비틀거리자 술 냄새도 함께 요동치며 소진의 콧속을 파고들었다. 아빠의 두툼한 손바닥이 소진의 뺨을 후려쳤다. 소진은 비명도 지르지 못한 채 바닥에 쓰러졌다.

아빠가 소진과 엄마를 차례로 가리켰다.

"그 증거들 내놔. 아니면 너희 둘 다 오늘 죽는 거야."

*

밝은 조명이 얼굴을 때리는 바람에 관객석이 보이지 않았다.

블랙북을 노리는 사람도 저 사이에 섞여 있을까. 만약 그렇다면 나에게서 어떻게 책을 빼앗을 생각일까.

재승은 마이크 앞으로 한 걸음 다가갔다. 그리고 어제 준비했던 말을 떠올리며 입을 열었다.

"저는 영화에 대해 잘 모릅니다. 그러니까 늘…… 보기만 하는 입장이었고, 솔직히 말하면 영화도 잘 안 봅니다. 중학생이라 게임 할 시간도 부족하거든요."

관객석에서 웃음이 터졌다. 재승은 상패를 든 회장과 꽃다발을 안은 유주를 바라봤다. 친구들의 미소를 보자 긴장이 조금씩 가라앉았다.

"이번 영화도 사실은 수행 평가 과제였습니다. 시나리오를 맡았을 때는 글을 쓸 자신이 없어서 도망치고 싶은 기분도 들었습니다. 부족한 시나리오가 한 편의 영화가 되고, 상까지 받을 수 있었던 건 함께한 친구들이 있었기 때문입니다. 영화에 대해서는 아직도 잘 모르지만 한 가지만큼은 알 것 같습니다. 영화는 혼자가 아닌 여러 사람이 함께 만드는 예술이고, 그렇기에 우리의 삶과 더욱 닮아 있습니다. 그게 바로 우리가 여전히 영화를 사랑하는 이유가 아닐까요? 감사합니다."

아이들은 얼떨떨한 기분으로 자리로 돌아왔다. 유주가 재승의 왼팔을 잡고 흔들었다.

"말 진짜 잘한다, 박재승! 반할 뻔?"

"거기 다친 팔이거든? 아파."

회장이 안경을 벗고 눈가를 훔쳤다.

"함께한 친구들이라니……."

유주가 고개를 저었다.

"헐, 넌 또 우냐?"

"아니거든! 근데 담임 선생님은 어디 가셨지? 아까부터 안 보이시던데."

"급한 일이 생겼다고 먼저 가셨어. 저녁은 나중에 사 주시겠대. 그리고 미안한데 나도 지금 일어날게. 아빠가 약국 문 닫고 같이 밥 먹자고 해서. 대신 방학하면 내가 밥 살게."

"뭐야, 우리끼리 먹기로 했으면서. 이소진이랑 담임 샘도 배신 때렸는데 너까지 그럴래!"

"뭐가 걱정이야, 정유주. 우리 둘이 먹으면 되지."

회장이 유주를 향해 빙긋 웃었다.

재승은 아이들에게 다시 한번 사과한 뒤 시상식장을 나왔다.

소진은 괜찮을까.

엘리베이터를 기다릴 여유도 없어 계단을 뛰어 내려가는데 누군가의 목소리가 재승을 붙잡았다.

"박재승! 벌써 가게?"

아까 만났던 교수가 재승을 내려다보며 계단참에 서 있었다.

"네. 집에 빨리 가야 해서요."

"집이 어디니? 남서중학교면…… 성북구 쪽인가?"

"그렇죠."

"마침 잘됐네. 나도 그쪽에서 저녁 약속이 있는데 내 차를 타고 같이 가지."

교수가 재승을 향해 계단을 내려왔다. 텅 빈 계단을 울리는 구두 소리를 들으며 재승은 교수의 가느다란 눈을 응시했다. 주변의 후텁지근한 공기에도 온몸이 서늘해졌다.

"제 이름은 어떻게 아셨어요?"

"상 받을 때 사회자가 네 이름도 불렀잖니. 차는 건물 밖 주차장에 있어. 같이 가지."

혹시 이 사람인가.

아무도 보이지 않는 건물 계단. 도와줄 사람은 없다.

재승은 한 걸음 뒤로 물러섰다.

"감사하지만 괜찮아요. 아빠랑 이 근처에서 만나기로 했어요."

"그래? 아까는 집에 빨리 가야 한다며. 네가 이렇게 가 버리면 아빠를 다시 만나긴 힘들 텐데?"

"우리 아빠요?"

교수는 양복 주머니에서 작은 알약 상자를 꺼내 흔들었다.

"두통이 있다고 했더니 어찌나 친절하게 설명해 주시던지. 아, 머리가 아픈 건 사실이야. 그 책을 도저히 못 찾겠더라고. 너만 협조하면 두통쯤은 금세 해결할 수 있어. 지금 약국에서 열심히 일하시는 너희 아빠도 무사히 퇴근하실 수 있고. 약국 문은 여덟 시에 닫지?"

교수는 이제 재승의 코앞까지 다가왔다. 가느다란 손가락과 어울리지 않는 억센 힘으로 교수는 재승의 팔을 움켜잡았다.

"주차장까지 조용히 따라와."

3

남서중학교 3학년 1반의 담임 이태웅 선생님은 차가 신호등에 멈춘 틈을 타 핸드폰에 저장된 파일을 열었다. 소진의 주소를 확인한 뒤 다시 한번 전화를 했지만 받지 않는다.

왜 몰랐을까.

변명을 할 수도 있다. 담임이라 해도 아이들을 보는 시간은 조회와 종례, 그리고 자신이 맡은 체육 시간뿐이다. 학생 개별 상담은 2학기에나 이루어진다. 1학기에는 학부모 상담이 있었지만 소진의 엄마는 상담을 신청하지 않았다. 특이한 일은 아니다. 굳이 상담이 필요한 일이 없을 때는 신청하지 않아도 된다고 안내하니까.

하지만 소진은 결석이 잦은 아이였고, 한번은 소진의 엄마에게 전화를 걸어 결석을 자주 하면 내신에 좋지 않다고 말하기도 했다. 소진의 엄마는 소진이 워낙 잔병치레가 많다고 변명했다. 자신이 보기에도 몸이 약해 보였기에 그 말을 곧이곧대로 믿고 말았다. 별거 중인 아빠가 주기적으로 들이닥쳐 아이를 폭행할 거라고는 조금도 생각하지 못했다.

교사로서의 부끄러움 때문이었을까. 사실을 알려 준 재승에게 이렇게 쏘아붙이고 말았다.

"그걸 왜 너 혼자만 알고 있었는데? 선생은 괜히 있는 사람 같아?"

운동으로 단련된 두툼한 손가락이 자동차 핸들을 초조하게 두드렸다.

신호가 왜 이렇게 길어.

이태웅 선생님은 초록색 신호등이 켜지자마자 힘껏 액셀을 밟았다.

4

더 조심했어야 했다.

학생을 가르치는 사람이 범인일 리는 없다고 생각했다. 아빠를 들먹이며 협박할 줄도 몰랐다. 그렇다면 가방을 낚아챈 빨간 헬멧은 교수가 고용한 사람인가. 그 남자가 아빠의 약국에서 아빠를 지켜보고 있을까. 걱정과 두려움으로 가슴이 조여들었다. 재승이 탄 차는 꽉 막힌 도로를 조금씩 나아갔다. 재승은 주황빛으로 물들어 가는 하늘에 시선을 고정했다.

"네가 무슨 생각으로 그런 시나리오를 썼는지 알아. 수상 소감을 말할 때 수행 평가 과제였다고 했지? 시나리오는 써야겠다, 아이디어는 없겠다. 에라, 모르겠다. 내가 가지고 있는 신기한 책 얘기나 써 보자. 내 말이 맞지 않니?"

교수는 싱긋 웃으며 말을 이었다.

"내가 그 책을 발견한 건 10년 전 일이었어. 그때는 나도 이런 행운을 갖게 된 사람은 나뿐이라고 믿었지. 너도 그렇게 생각했을 테니 그 책을 소재로 시나리오도 썼을 거야. '블랙북'은 네가 붙인 이름이니?"

교수는 핸들을 돌리며 조수석을 쳐다봤다. 아이는 미동도 하지 않은 채 앞유리만 노려보고 있다. 경계를 풀 생각은 없다. 시상식장에서 처음으로 대면한 아이는 중학생이라고는 믿을 수 없을 만큼 조숙해 보였다.

"그 책을 발견했더라도 어떻게 쓰는지 몰랐던 사람이 부지기수였을 거야. 대부분은 인쇄가 잘못된 줄 알고 버리지 않았겠니? 신기한 책이긴 하지만 아쉬움도 많았겠지. 내일의 일만 예지하지 않고 먼 미래까지 알려 주거나 네 시나리오처럼 소원을 들어주는 책이라면 좋았을 텐데. 영화 시나리오도 그런 생각에서 나오지 않았을까?"

교수의 말을 들을수록 심장 박동이 빨라졌다. 교수의 말이 맞다. 블랙북을 가진 사람은 나뿐이라고 믿었다. 두렵지만 이겨 내야 한다. 어떻게 대처할지 머리를 굴려야 한다. 블랙북으로 뭘 하려는지는 모르겠지만 일단은 고분고분하게 굴어야 한다.

"아, 책 사이에서 꽃이 나올 때는 신기하지 않았니? 7월도 거의 끝나 가니까 해바라기까지 받았겠구나?"

"꽃들은…… 네, 처음에는 정말 놀랐어요. 모르는 누군가에게 축하받고 응원받고 있는 듯한 묘한 기분도 들었고요. 그런데 아저씨는…… 아니, 교수님은 그 책을 어디에서 찾으셨죠?"

"지하철."

"네?"

"지하철 선반 위에 덩그러니 놓여 있었어. 10년 전 2월의 첫째 날이었지. 분실물 센터에 갖다주려고 가방에 넣었는데 깜박하고 집까지 가져왔지 뭐냐. 처음에는 다이어리라고 생각했는데 아니었어. 다이어리라면 1월 날짜부터 적혀 있어야 하니까. 'Q'라고 적힌 부분에 이것저것 써 보다 사용법을 알게 됐지."

"그럼 블랙북은 1년에 한 번씩 새로운 주인을 만나는 건가요?"

"내 생각은 그래."

"12월 마지막 날이 지나면 어떻게 돼요?"

"자정이 되는 순간 사라져. 어떤 식으로 사라지는지는 미리 알려 주면 재미없으니까 여기까지 하자. 중요한 건 말이다. 지금 그 책이 어디 있냐는 거야."

드디어 가장 두려워하던 질문이 나왔다.

블랙북의 위치를 알려 주면 나와 아빠를 무사히 보내 줄까.

재승이 대답하지 않자 교수가 다시 입을 열었다.

"블랙북을 넘겨. 내 상황이 지금 좋은 편이 아니거든."

"주식이라도 하시게요?"

교수가 갑자기 손을 뻗는 바람에 재승은 움찔했다. 교수가 내비게이션 버튼을 누르자 화면에 가족사진이 떠올랐다. 교복을 입은 딸과 아내와 함께 찍은 사진이었다. 재승은 교수를 닮아 얼굴이 길고 입술이 얇은 여학생을 쳐다봤다.

"내 딸도 학생이야. 고등학교 3학년이지. 나도 한 아이의 아버지인데 너한테 해코지라도 하겠니? 책만 넘기면 집에 데려다줄게. 너희 아빠도 무사히 돌아가실 수 있어."

"좋아요, 책을 드릴게요. 내일 낮에 다시 만나요."

"어쩌지? 난 그 책이 당장 필요한데."

자동차가 터널 안으로 들어갔다. 터널 양옆으로 폭이 좁은 인도가 보였다. 헬멧을 쓴 남자들 몇몇이 자전거를 밀며 지나가고 있다.

저들에게 도와 달라고 외친다면.

윈도우 버튼을 눌렀지만 창문은 내려가지 않았다. 차 문도 열리지 않는다. 바지 주머니에서 핸드폰을 꺼내려다 멈추었다. 괜히 핸드폰을 꺼냈다 뺏기기라도 하면 그때는 도움을 요청할 방법이 없다.

"위험하게 이러지 말자. 책만 주면 무사히 집에 갈 수 있다고 했잖아."

필사적으로 머리를 굴렸다. 해코지를 할 생각은 없다고? 자기 때문에 팔에 깁스까지 한 건 모르고 있나? 이런 사람에게 블랙북을 순순히 뺏길 수는 없다. 게다가 블랙북을 받더라도 나를 무사히 보내 준다는 보장은 없다. 마음은 바뀌면 그만이니까.

교수를 학교로 데려가서 신발장 문을 연다. 블랙북을 넘기는 척하며 아빠가 사 준 호신용 스프레이를 얼굴에 뿌린 뒤 도망친다. 달리기는 꽝이지만 이런 나이 많은 아저씨 정도는 따돌릴 수 있다. 그리고 이 사람과 달리 나는 학교 구조를 안다. 도망치며 핸드폰으로 경찰에 신고하면 된다. 혹시 일이 잘못되더라도 학교에는 시시티브이가 많으니 증거가 남을 것이다.

"블랙북은 학교에 있어요. 학교 사물함요."

"아닐 텐데. 네 사물함은 이미 확인했어."

"우리 학교 애들은 사물함을 두 개씩 써요. 교수님이 뒤진 사물함은 교과서를 보관하는 곳이고, 제가 블랙북을 숨긴 곳은 운동화를 넣는 사물함, 그러니까 신발장이죠."

교수의 입에서 짧은 한숨이 터졌다. 교수가 핸드폰으로 누군가에게 메시지를 보내는 동안 재승은 어두워진 창밖을 간절하게 바라봤다. 재승의 동네는 유난히 언덕길이 많았고 남서중학교도 긴 오르막길의 꼭대기에 있었다. 흔한 편의점도 한참을 걸어야 나올 만큼 학생들이 없으면 인적이 드문 곳이다.

도와줄 사람을 만날 확률도 희박한 곳에서 무사히 탈출할 수 있을까. 집처럼 익숙하던 학교가 이제는 자신의 발목을 붙잡을 거대한 덫처럼 느껴졌다.

두 사람이 탄 자동차는 어느덧 학교 근처에 도착했다. 학교 건물과 별도로 있는 주차장 입구에는 차단기가 내려와 있었다. 교수는 주차장 근처에 차를 세웠다.

"내려."

두 사람은 교문을 향해 나란히 걸었다. 교문은 잠겨 있을 테고, 그렇다면 교수는 야트막한 담장을 뛰어넘을 것이다. 담장을 넘는 척하며 도망쳐도 되겠다 싶었을 때 교수가 손을 들었다. 교문 앞에 서 있던 남자가 그들을 향해 걸어왔다. 어깨까지 닿는 파마머리를 본 순간, 빨간 헬멧 밑으로 빠져나와 있던 머리카락이 생각났다.

가방을 훔쳤던 그 남자다.

교수가 턱짓을 보내자 빨간 헬멧이 담장을 뛰어넘었다. 보안관 아저씨가 근무하는 작은 사무실은 불이 꺼진 채 닫혀 있었다. 학교 경비가 어쩜 이렇게 허술할 수 있는지 절망스러워하며 재승도 교수가 시키는 대로 담장을 넘었다.

교수가 재승의 등을 밀었다.

"앞장서."

5

아빠는 엄마가 모았다는 증거들을 찾아 집 안을 뒤졌다. 방에 있는 책들이 요란하게 떨어지는 소리를 들으며 소진은 식탁에 앉은 엄마를 향해 고개를 들었다. 엄마의 텅 빈 눈을 본 순간 그제야 지금까지 보지 못했던 것이 보였다.

엄마는 고장 나 있었다.

자신과 남은 아이를 위해 어떻게든 다시 살아야 한다는 결심, 남편의 폭력에서 아이를 지켜야 한다는 용기 따위는 엄마에게 가능한 일이 아니었다. 숨이 막혔다. 아빠가 물건을 부수고 주먹을 휘두를 때보다 더한 공포가 밀려왔다.

도망칠 수 없다.

어른이 돼서 부모를 떠날 수 있을 때까지 이 집에서 견딜 수밖에 없다.

도망칠 수 있어.

소진은 목소리가 들리는 베란다 쪽으로 고개를 돌렸다. 문을 열고 몸을 맡기기만 하면 된다고, 그러면 다 잊을 수 있다고 목소리가 속삭였다. 소진은 그곳으로 걸음을 옮겼다. 베란다 문을 밀어젖히자 시원한 바람이 땀에 젖은 이마를 식혀 주었다. 전등불이 모자이크처럼 들어온 아파트 단지를 바라보며 발을 창턱에 올렸다. 난간을 잡고 숨을 한껏 들이마신 순간, 목소리가 다시 한번 소진을 끌어당겼다.

도망칠 수 있어.

난간을 잡은 손에 힘이 들어갔다. 목소리가 들리는 쪽으로 몸을 떨어뜨리면 된다. 그것보다 쉬운 일은 없어 보였다.

하지만 약속했는데.

재승의 얼굴이 떠오르며 다리가 무거워졌다. 도망치지 않겠다고 약속했는데. 동생이 죽은 뒤로 나를 걱정해 준 사람은 그 애밖에 없는데.

도망칠 수 있어.

미안해, 박재승. 난 더는 못 하겠어.

눈을 감고 허리를 숙인 순간, 놀이터를 둘러싼 장미 덩굴이 흐릿하게 보였다. 재승이 주었던 분홍색 장미 꽃잎들이 머릿속에서 흩어졌다. 그 꽃은 어디에서 났을까. 정말로 정원에서 가져왔을까. 시상식도 끝났을 텐데 지금은 아이들과 뭘 먹고 있을까.

알고 싶다.

나는 재승이 궁금하고, 재승도 나를 궁금해한다. 서로를 궁금해하는 작은 기적. 저 목소리를 따라가면 간신히 만난 기적도 사라져 버린다.

"이소진! 안에 있니? 담임 선생님이야!"

누군가 현관문을 거칠게 두드렸다.

선생님이라니. 오늘은 토요일인데. 선생님이 여기 있을 리 없는데.

"소진아, 괜찮니? 문 좀 열어 봐!"

거실 바닥에 떨어진 소진의 핸드폰에서 벨소리가 울렸다. 아빠는 현관문을 짜증스럽게 노려봤다.

"벨소리 다 들리거든? 문 열지 않으면 경찰에 신고할 거야!"

아빠가 욕설을 내뱉으며 문을 열었다. 담임은 엉망이 된 집 안을 바라보다 창턱에 서 있는 소진에게 달려왔다. 담임이 소진을 거칠게 끌어당기는 바람에 두 사람은 베란다 바닥에 함께 나동그라졌다.

"너 미쳤어, 인마! 뭐 하는 거야!"

처음 보는 양복 때문에 담임을 금세 알아보지 못했다. 담임이 편했던 적은 없지만 익숙한 얼굴을 보자 울음이 터졌다. 담임은 소진의 피 맺힌 입술을 쳐다보며 소진을 일으켰다. 그리고 아빠를 향해 차갑게 말했다.

"교사는 아동 학대 신고 의무자입니다. 윗선에 보고 없이 바로 신고할 수 있습니다."

담임이 핸드폰을 꺼냈다. 아빠가 달려들었지만 담임이 손을 들자 멈칫했다.

"폭행죄까지 덮어쓰기 싫으시면 가만히 계시죠."

담임은 전화를 끊은 뒤 엄마와 소진을 밖으로 데리고 나갔다. 그리고 소진에게 어떻게 여기까지 왔는지 들려주었다. 재승이 너를 걱정했다고, 너에게 꼭 가 봐야 한다고 말했다고. 소진은 담임의 이야기를 가만히 들었다. 허공에서 들리던 목소리는 이미 사라졌다.

소진이 물었다.

"재승이는 어디 있어요?"

*

운동장을 가로질러 체육관 쪽으로 걷는 동안 교수는 재승의 왼팔을 붙들었다. 다쳤던 팔꿈치에 다시 뼈근한 통증이 밀려왔다. 빨간 헬멧의 발소리도 뒤에서 들렸다. 멍청한 짓을 저질렀다는 후회로 다리가 후들거렸다. 교수가 다른 사람을 부를 줄은 예상하지 못했다.

"지금까지 그 책으로 무슨 일을 했니? 로또 번호라도 알아내려던 건 아니지?"

"친구들을 도와줬어요."

불빛 하나 없는 운동장에 교수의 웃음소리가 흩어졌다.

"키만 컸지 어린애라 별수 없구나. 너도 살다 보면 알게 될 거야, 인생은 결국 혼자라는 걸."

교수의 말이 맞다. 사람은 혼자서도 충분히 살아갈 수 있다. 하지만 사람들과 고민을 나누고, 함께 큰 소리로 웃는 것도 꽤 괜찮은 일이다. 재승은 두려움을 무릅쓰고 교수에게 외치고 싶었다. 당신은 어떨지 모르겠지만 나는 더 이상 혼자가 아니라고.

당신은 결국 아무것도 모른다고.

"체육관은 어디야?"

"저쪽요."

재승은 오른손으로 도서관 오른쪽 건물을 가리켰다. 블랙북을 숨긴 신발장은 체육관 뒤편에 있다.

재승의 발걸음이 느려지자 교수가 재승의 어깨를 밀었다. 세 사람은 신발장 앞에 도착했다. 맨 아래 칸에 있는 자신의 신발장 앞에 무릎을 꿇고 자물쇠를 풀었다. 교수의 초조한 시선을 느끼며 두 손을 신발장에 집어넣었다. 책을 찾는 척하며 아빠가 준 호신용 스프레이의 뚜껑을 열었다. 블랙북이 든 종이봉투를 왼손에, 스프레이를 오른손에 움켜쥔 채 숨을 들이마셨다.

기회는 이번뿐이야.

몸을 일으키며 스프레이를 교수의 얼굴에 뿌렸다. 교수가 날카로운 비명을 지르며 얼굴을 감싸 쥐었다. 재승은 건물 모퉁이 쪽으로 뛰기 시작했다.

"잡아!"

도서관 후문에서 걸음을 멈췄다. 유리 문을 흔들었지만 문고리 사이에 자물쇠가 걸려 있었다. 빨간 헬멧에게 들키기 전에 다시 뛰었다. 도서관을 지나치려던 순간, 반쯤 열린 창문이 보였다. 창문을 밀어젖힌 뒤 창턱을 짚고 창문 안으로 몸을 던졌다. 왼쪽 어깨부터 떨어지는 바람에 왼손을 바닥에 짚고 말았다. 다쳤던 팔꿈치에 엄청난 통증이 밀려오며 눈물이 쏟아졌다. 유리문으로 빨간 헬멧이 지나가는 모습이 보였다. 재승은 열린 창문을 황급히 닫고 걸쇠까지 채웠다. 그러고는 손으로 입을 막으며 서가 사이에 주저앉았다.

일단 숨자. 그리고 경찰에 전화하는 거야.

블랙북이 든 봉투를 옆구리에 낀 채 허리를 굽히고 어둠 속을 나아갔다. 곧 계단이 있는 문 앞까지 도착했다. 블랙북을 발견했던 날이 되풀이되기라도 하듯, 지하로 이어지는 계단을 내려가자 열린 창고 문이 보였다.

재승은 문을 닫고 전등을 켰다. 문을 잠그려고 잠금쇠를 돌렸지만 잠금쇠가 고장 나 있었다. 주머니에서 핸드폰을 꺼낸 순간, 화면이 빛을 내뿜었다.

담임 선생님.

재승은 얼른 통화 버튼을 눌렀다. 담임의 목소리를 듣기도 전에 정신없이 외쳤다.

"선생님, 도와주세요! 저 학교 도서관 지하에 있어요!"

"뭐냐, 박재승. 거긴 왜 갔어? 누가 주말에 함부로 학교에 들어가래?"

여느 때처럼 심드렁한 목소리를 듣자 답답함으로 가슴이 터질 것 같았다.

"아까 만났던 교수한테 쫓기고 있어요! 지난번에 불났던 창고에 숨어 있다고요! 빨리 여기로 경찰 좀 보내 주세요!"

"무슨 상황인데? 자세히 좀 말해 봐."

머리 위에서 텅텅거리는 소리가 들렸다. 무거운 물체로 무언가를 내리찍는 소리. 재승은 목소리를 낮추고 속삭였다.

"계속 통화하면 들킬 테니까 끊을게요. 빨리 경찰에 신고해 주세요."

"박재승! 선생님 운전 중이셔. 내가 신고할게. 우리도 조금만 가면 학교니까 기다려!"

소진의 목소리를 듣는 순간, 눈물이 또다시 쏟아졌다. 재승은 목이 메는 걸 간신히 참으며 말했다.

"넌 괜찮냐? 뭐가 바쁘다고 시상식도 안 오는데. 내가 얼마나 기다렸는지 알아?"

"미안해, 다음에는 꼭 내가 먼저 가서 기다릴게."

소진의 목소리에도 울음이 섞여 있었다. 순간 어깨가 들썩일 정도로 요란한 소리가 들렸다. 재승은 전화를 끊고 전등도 껐다. 창고 안은 다시 어둠에 휩싸였다. 귀퉁이에 있던 캐비닛을 열고 손을 휘저었지만 잡동사니들이 들어차 있었다. 어쩔 수 없이 간이침대와 벽 사이의 공간에 몸을 웅크렸다. 그리고 핸드폰으로 손전등 어플을 켜고 주변을 살폈다. 협탁 위에는 예전에도 봤던 향초와 라이터가, 바닥에는 작은 가스버너와 식용유, 냄비 따위가 있었다.

그 순간 어떤 생각이 떠올랐다.

교수는 블랙북을 지하철 선반에서 발견했다고 했다.

그렇다면······.

재승은 철로 된 양동이에서 대걸레를 꺼냈다. 양동이를 근처에 놓은 뒤 라이터를 쥐고 종이봉투에서 블랙북을 꺼냈다. 밖에서는 아무 소리도 들리지 않았다. 재승은 몸을 웅크린 채 도서관을 헤집고 있을 두 남자를 상상했다. 그들이 여기까지 오지 않기를 간절히 기도했다. 하지만 곧 계단을 내려오는 발소리가 들렸다. 딸깍 소리와 함께 환한 빛이 재승을 덮쳤다.

"일어나."

공포와 수치심이 동시에 밀려왔다. 교수는 허탈한 웃음을 지으며 빨간 헬멧에게 말했다.

"관리실 가서 시시티브이 처리하고 도서관 입구에서 기다려."

재승은 블랙북을 품에 안은 채 뒷걸음쳤다.

"경찰에 신고했으니까 금세 도착할 거예요. 그러니까 내 눈앞에서 꺼져요."

교수의 번들거리는 시선은 아까부터 블랙북에 머물러 있었다.

"책을 넘겨. 그럼 돌아갈게."

교수의 말이 끝나자마자 재승은 블랙북을 양동이에 던졌다. 그리고 식용유 통을 들고 종이봉투에 뿌린 뒤, 불 켜진 라이터를 종이봉투에 들이밀었다.

"안 돼!"

교수의 눈이 순식간에 공포에 질렸다.

"가까이 오지 마요! 흔적도 없이 태워 버릴 테니까!"

"하지 마, 안 돼. 너도 알잖니, 그 책이 얼마나 소중한지. 내일의 일이라도 점지해 준 덕분에 난 주식과 비트코인으로 엄청난 돈을 벌었어. 그 책이 사라져도 계속 부자로 살 수 있을 줄 알았지만 이제 나한테 남은 건 빚밖에 없어. 우리 가족 사진 봤지? 아내와 딸은 아무것도 몰라. 제발 그 책을 줘. 그럼 조용히 돌아갈게."

라이터의 불길 때문에 엄지손가락이 화끈거렸다. 재승은 종이봉투를 든 채 뒷걸음질했지만 금세 벽에 닿았다. 더 이상 도망칠 곳은 없다. 선생님이나 경찰이 올 때까지 어떻게든 시간을 끌어야 한다.

"마지막으로 하나만 물을게요. 이 책을 다시 찾으려고 우리 영화를 1등으로 뽑았어요? 시상식에서 날 만나려고?"

"아니야. 그 책이 아니더라도 너희가 만든 영화는 훌륭했어. 진심이야. 자, 책을 이리 줘."

교수의 표정을 읽으려 했지만 무엇이 진실인지 알 수 없었다. 상관없다. 저런 사람에게 인정받고 싶은 마음은 없다.

우리가 만든 영화는 최고였다. 우리가 그 사실을 알고 있다.

"가까이 오지 말라고요!"

"알았어, 그냥 갈 테니까 태우지 마. 너한테도 그 책이 필요하잖니. 다시는 찾아오지 않을게. 약속한다."

거짓말.

교수는 물었다. 그 책으로 무엇을 했느냐고. 재승은 친구를 도왔다고 대답했다. 교수는 비웃었지만 블랙북으로 할 수 있는 일들 중에 그보다 좋은 일은 생각나지 않았다. 블랙북이 있었기에 친해진 회장, 아빠의 폭력에서 벗어난 소진, 새로운 꿈을 찾은 유주, 그리고 우리가 만든 영화.

그 책이 없었다면 경험하지 못했을 소중한 것들.

얼마나 많은 사람들이 그 책을 가졌는지 재승은 모른다. 그들이 그 책으로 어떤 일을 했는지도 모른다. 하지만 한 가지 사실만은 확실했다.

나처럼 그 책을 멋지게 쓴 사람은 누구도 없었을 것이다.

교수가 비명을 질렀다.

"안 돼!"

재승은 불 붙인 종이봉투를 양동이에 던졌다. 교수가 그쪽으로 돌진한 순간 담임과 소진이 들어왔다. 남임이 교수를 쓰러뜨리는 동안, 소진은 재승을 향해 달려갔다. 이번에는 재승이 먼저 소진을 끌어안았다. 희미하게 울리는 사이렌 소리를 들으며 재승은 소진의 어깨에 얼굴을 묻었다.

다행이다, 무사했구나.

계단을 내려오는 경찰들의 다급한 발걸음 소리가 들렸다. 담임이 교수를 일으켜 세우며 경찰들에게 손짓했다. 담임이 경찰에게 교수를 넘기기 전, 재승은 교수의 귓가에 속삭였다.

"몰랐죠? 그 책은 불에 안 타요."

♦♦♦

한 달 뒤

"난 도대체 요즘 애들이 왜 이런 음식을 먹는지 모르겠다. 아무리 좋게 봐 주려고 해도 샴푸 맛밖에 안 나는데."

담임이 젓가락으로 넓적 당면을 들어 올리며 투덜거렸다. 개학을 앞둔 토요일, 담임은 아이들에게 저녁을 사 주겠다는 약속을 지켰다.

유주가 말했다.

"샘, 마라탕에서 어떻게 샴푸 맛이 나요? 어디 가서 그런 말 하시면 요즘엔 꼰대라고 해요."

회장이 담임의 짧아진 머리카락을 흘끔거렸다.

"근데 머리는 갑자기 왜 자르신 거예요? 훨씬 멋있긴 한데……."

"나 결혼한다."

유주와 회장은 물론, 마라탕 국물을 묵묵히 떠먹던 재승과 소진마저 고개를 치켜들었다. 재승이 물었다.

"누구랑요?"

"여자랑."

"그건 저도 아는데요."

"도서관 사서 샘. 다른 애들한테는 아직 비밀이다."

소진이 눈을 깜박였다.

"그럼…… 4월에 저희 반이 도서관 책 정리를 맡은 것도 혹시 사서 선생님 때문에……."

"당연하지. 내가 안 도와주면 누가 도와주냐."

재승이 말했다.

"선생님은 우리한테 일만 시키셨지 책은 안 옮기셨는데요."

"조용히 해라. 창고에 두 번씩이나 불낸 녀석이 누구더라."

사건이 벌어진 지 한 달이 지났다.

경찰서에서는 추가 조사가 필요할 수도 있다고 했지만 연락이 온 적은 없다. 블랙북에 대해서는 경찰에게 말하지 않았다. 블랙북의 존재를 알릴 생각도 없었을뿐더러 말해 봤자 믿지도 않을 테니까.

블랙북의 이야기만 빼고 재승은 거의 사실대로 말했다. 교수가 집까지 데려다준다고 해서 차에 탔는데 학교로 억지로 데려갔다고. 교문 앞에는 자신의 책가방을 훔친 또 다른 남자가 기다리고 있었고, 간신히 도서관으로 도망쳐서 담임에게 도움을 요청했다고.

회장이 물었다.

"교수는 어떻게 됐어? 아직 재판은 시작 안 했지?"

"응. 아빠한테 들었는데, 사람을 잘못 봤다는 말도 안 되는 변명만 하고 있대. 투자 문제로 다른 데서도 고소를 많이 당했나 봐."

유주가 몸을 떨었다.

"으, 난 그런 이상한 사람인지도 모르고 시상식장에서 어떻게든 잘 보이려고 했는데. 우리랑 일일이 악수도 했잖아, 완전 소름 돋아!"

담임이 말했다.

"그래서 빽이 아니라 실력이 중요하다고 했잖아, 인마. 연기 학원은 다닐 만하냐?"

"네! 아이돌 아카데미에서는 맨날 혼만 났는데 거기서는 안 그래요. 저 진짜 잘한다니까요? 예고 연기과도 꼭 1등으로 붙을 거예요."

"1등 하면 다음에는 네가 밥 사라. 마라탕은 빼고. 이소진, 너는?"

담임의 시선에 소진의 얼굴이 붉어졌다. 하지만 소진의 입가에는 곧 미소가 떠올랐다.

"저도 이제 괜찮아요. 이렇게 편한 적은…… 몇 년 동안 없었어요."

궁지에 몰린 사람은 교수만이 아니었다. 소진의 아빠도 소진의 엄마가 제출한 폭력의 증거들로 조사를 받았다. 소진의 아빠는 가족들에게 더 이상 접근할 수 없었고, 소진의 엄마는 심각한 우울증으로 잠시 입원 치료를 받게 됐다. 대신 소진의 외할머니가 소진을 돌보러 서울로 올라왔다. 고인 웅덩이처럼 같은 자리에만 머물러 있던 시간이 이제야 비로소 다시 흐르기 시작한 것 같았다.

"저도 유주랑 같은 예고에 가고 싶어요. 할머니가 미술 학원도 등록해 주셨어요."

담임이 고개를 숙였다.

"교사로서 면목이 없다. 내가 진작 알고 도와줬어야 했는데. 정말 미안하다."

아이들의 따뜻한 시선이 담임을 향했다. 회장이 얼른 끼어들었다.

"이소진, 진짜 잘됐다! 나도 박재승이랑 같은 외고 갈 건데!"

"난 아직 자신 없어. 2학기 국어 성적 좀 보고."

"미안, 내가 국어 수행 평가만 안 망쳤어도……."

이번에는 회장이 고개를 떨궜다. 유주가 회장의 등을 때렸다.

"너 또 울기만 해 봐! 미안하다는 소리를 몇 번이나 하냐?"

다른 사람들과 헤어진 뒤 소진과 재승은 어둠이 내려앉기 시작한 거리를 걸었다. 어느새 가을의 기운이 담긴 바람이 두 아이의 뺨을 어루만지며 지나갔다. 소진이 속삭였다.

"다 잘된 거 같아, 그지?"

그런가.

모르겠다. 소진의 말에 왜 갑자기 엄마 생각이 났는지. 언제쯤이면 담담한 마음으로 엄마를 떠올릴 수 있을까. 재승은 대답 대신 소진의 손을 힘주어 잡았다.

*

다음 날 아침, 아빠가 화장실로 들어간 사이 재승은 서랍에서 2층 열쇠를 찾았다. 그리고 현관문을 나가 2층으로 이어지는 계단을 올랐다. 엄마의 작업실에 도착한 재승은 책장에서 블랙북을 뺐다. 불 속에서 블랙북을 꺼낸 뒤로 쭉 이곳에 보관

해 왔다.

시상식이 열리기 전날, 재승은 빈 교실에서 블랙북에 질문을
썼다.

Q : 나는 내일도 이 책을 가지고 있을까?

블랙북이 준 대답은 Yes였기에 재승은 조금은 편안한 마음으
로 시상식장에 갈 수 있었다. 그렇다고 교수와 학교에서 그런
추격전을 벌일 줄은 예상하지 못했지만.

재승은 블랙북을 든 채 엄마의 책들을 바라봤다. 그림책 작
가답게 죄다 알록달록한 그림책들이다. 그때 문득 지금까지 발
견하지 못했던, 책등에 제목이 쓰여 있지 않은 갈색 책이 눈에
들어왔다. 책을 빼 보니 재승이 태어난 해가 표지에 금박으로
새겨져 있다. 페이지를 무심코 넘기는데 무언가가 바닥으로 펄
럭이며 떨어졌다.

책장 사이에 끼워 말린 꽃.

세어 보니 모두 일곱 송이다. 튤립이나 장미처럼 잘 아는 꽃
도 있지만 이름을 알 수 없는 꽃들도 있다.

재승은 허리를 숙이고 꽃들을 주워 모았다. 그리고 엄마의
책상에 앉아 갈색 책의 페이지를 넘겼다. 아빠의 글씨는 아닌

걸 보니 엄마의 다이어리였던 모양이다. 대부분은 그림책 작업
에 관한 한두 줄짜리 메모였지만 어느 순간부터 글이 조금씩
길어졌다.

Date. 4. 7
임신 때문에 오늘도 몸이 좋지 않지만, 절판된 그림책을 찾으려고
집에서 가까운 헌책방 거리에 갔다. 원하던 책은 없었지만 아주 특이
한 책을 발견했다.
내지까지 검은 종이로 만들어진, 검은 표지의 책.
책방 주인은 인쇄가 잘못된 것 같다며 버리겠다고 했다. 나도 모르
겠다. 내가 왜 그 책을 달라고 했는지. 집까지 얼떨결에 가져왔지만
온통 검은 빛깔의 책을 보니 찜찜하기도 하다.

숨이 턱 막혀 읽기를 멈췄다. 창가로 걸어가 서둘러 창문을
열었다. 책상 위에 놓은 블랙북 옆에서 다이어리의 내지가 바
람에 펄럭였다.
엄마, 도대체 무슨 책을 발견한 거야. 나한테 또 무슨 일이
벌어지는 건데.

다음 일기는 사흘 뒤에 쓰여 있었다. 재승은 다음 내용을 정신없이 읽었다. 엄마가 찾은 책은 역시 블랙북이었다. 엄마는 여러 번의 시행착오 끝에 블랙북의 사용법을 알아냈고, 재승처럼 내일의 일을 묻기 시작했다. 여행 계획을 위해 날씨를 묻는 소소한 질문부터 출간된 그림책이 어떤 반응을 얻을지 같은 진지한 질문도 있었다.

하지만 그 책에 대한 두근거림은 오래가지 못했다. 자신이 큰 병에 걸린 걸 알게 됐으니까. 의사는 아기를 포기하고 치료부터 받자고 했지만, 엄마는 완강히 거부했다.

Date. 6. 18

아기의 초음파 사진을 받았다! 얼굴이 이렇게 선명하게 찍히기는 힘들다는데!

내 사정을 아는 의사 선생님은 씁쓸한 표정이지만 나는 너무 기쁘다. 코가 이렇게 오똑한 아기가 또 있을까? 초음파 사진을 들여다보다 좋은 생각이 떠올랐다. 색연필을 모두 꺼내 초음파 사진을 바탕으로 아기의 예상 얼굴을 그려 보았다.

와…… 우리 아기는 연예인이 될 것 같다!!!

남편이 약국에서 퇴근하면 보여 주고 싶은데 설마 또 울지는 않겠지?

나 때문에 이미 너무 많이 울었는걸.

Date. 7. 1

검사 결과가 이렇게 나쁠 줄은 몰랐다. 그저 잘될 거라고만 생각했던 내가 너무나 한심하다.

아기는 건강하다고 했지만, 나는 오늘도 검은 책을 펼치고 같은 질문을 썼다.

'우리 아기는 내일도 건강할까?'

대답은 Yes.

누구에게 말하는지도 모르면서 '감사합니다.'를 수없이 중얼거렸다.

너는 앞으로도 건강할 거야, 누구보다 잘 자랄 거야.

내일은 걱정하지 마. 걱정은 내 몫이니까.

재승은 다이어리 곳곳에 그려진, 엄마가 그린 아기의 그림을 바라보았다. 눈물로 시야가 흐릿한 와중에도 웃음이 나왔다.

이게 뭐야, 엄마. 나랑 하나도 안 닮았잖아.

일기는 그 뒤로도 이어졌다. 엄마는 날마다 블랙북에 같은 질문을 적었다.

수술로 재승을 낳기로 한 전날까지 블랙북과 함께 하루하루를 버텼다.

그리고.

Date. 11. 5

내일은 드디어 아기를 낳기로 한 날이다. 약해질 대로 약해진 내 몸이 수술을 버틸지는 아무도 모른다.

나는 결국 그 책에 단 한 번도 쓰지 않았던 질문을 썼다. 내가 내일도 살 수 있겠느냐고. 그 질문만큼은 쓰지 않으려고 했는데…….

책의 대답은 No였다.

나는 내일 죽는다.

그 책은 한 번도 틀린 적이 없으니 사실이겠지. 대답을 보자마자 울음이 터졌다. 내 인생이 아깝기보다는 아기에게 미안했기 때문이다. 이 마음을 어떻게 전할 수 있을까. 얼굴도 보지 못한 작은 생명에게 내가 얼마나 깊은 사랑을 품고 있는지.

나중에 읽을 수 있게 편지를 남길까. 하지만 그 편지를 읽고 그 애가 더 슬퍼할까 두렵다. 나를 그리워하며 살기보다는 엄마는 처음부터 없는 존재로 여기고 살아가는 편이 낫지 않을까. 남편은 좋은 사람이니 아기를 잘 키워 줄 것이다. 그것만큼은 의심하지 않는다. 이기적이라는 비난을 들어도 나는 그렇게 믿을 수밖에 없다. 슬프지만 한편으로는 담담하다. 그 책이 없었다면 마음의 준비를 할 수 없었을 것이다.

거기까지 읽은 순간, 아빠가 했던 말이 머릿속을 울렸다.

네 엄마는 그냥…… 평온해 보였어.
수술이 다음 날이면 떨릴 법도 한데 내일 무슨 일이 벌어질지 다 아는 사람 같더라.

아빠 말이 맞았다. 엄마는 자신의 내일을 알고 있었다. 하지만 엄마의 마지막 일기에는 꺼져 가는 삶에 대한 아쉬움보다는 재승을 향한 간절한 사랑만이 담겨 있었다.
재승은 간신히 마음을 가라앉히고 마지막 글을 읽었다.

남편의 반대를 무릅쓰고 오늘은 그 책을 들고 잠시 외출했다. 그 책을 발견한 헌책방에 책을 다시 꽂기 전, 책을 쓰다듬으며 마지막 인사, 아니 마지막 부탁을 했다.

언젠가 우리 아이에게도 찾아가 주지 않겠느냐고.

나를 도와준 것처럼 그 애에게도 힘이 되어 주지 않겠느냐고.

그리고 내일 아기를 안아 볼 때까지는 제발 의식이 남아 있게 해 달라고. 단 한 번이라도, 사랑한다고 직접 속삭이고 싶으니까.

나는 책방을 나서며 다시는 보지 못할 풍경들을 눈에 담았다. 코끝을 스치는 초겨울의 바람, 길가에 웅크린 이름 모를 들꽃, 웃음을 터뜨리는 학생들과 부모를 향해 뛰어가는 어린아이.

나의 아기가 만날 아름다운 세상을 바라보며 내 마음은 마침내 잔잔한 기쁨으로 물들었다.

내일 만나자, 아가야. 엄마는 조금도 두렵지 않아.

나의 내일은 바로 너니까.

일기의 끝에는 엄마가 아기에게 입을 맞추고 있는 색연필 그림이 그려져 있었다. 재승은 엄마의 다이어리를 책장에 꽂았다. 그리고 다시 책상에 앉아 블랙북을 펼쳤다.

9월 1일.

책은 눈부신 빛과 함께 아몬드 모양의 꽃잎을 가진 주황색 꽃을 선물했다. 재승은 꽃을 바라보며 차마 헤아릴 수 없는 엄마의 마음을 생각했다.

그 사랑은 뭘까. 아주 많은 시간이 흐르면 조금은 이해할 수 있을까. 그럴지도 모른다.

나의 내일은 계속될 테니까.

재승은 책상에 있던 한지로 9월의 탄생화 다알리아를 감쌌다. 포장을 마친 순간, 한 번도 하지 않은 생각이 들었다. 이 꽃은 내가 받을 블랙북의 마지막 선물일 것이다. 이 책을 어디에 갖다 놓아야 할지도 엄마가 가르쳐 주었다.

나는 이제 블랙북이 필요하지 않으니까.

블랙북이 없어도 이 책에 새겨진 시간은 내 마음속에 남아 있을 테니까.

재승은 꽃을 들고 엄마의 작업실을 나왔다. 정원에 있던 아빠가 2층에서 내려오는 재승에게 고개를 돌렸다.

"아빠, 나 궁금한 거 있는데."

"응. 뭔데?"

"엄마가 날 낳았던 날. 나를 안아 볼 때까지 의식이 있었어요? 사랑한다고…… 직접 말해 줄 수 있을 만큼?"

아빠의 눈빛이 미세하게 흔들렸다.

어쩔 수 없는 슬픔이 아빠의 얼굴을 스쳤지만, 아빠의 입가에는 결국 은은한 미소가 떠올랐다.

"그럼, 그게 네 엄마 소원이었는데. 근데 너…… 얼굴이 왜 그래? 울었니?"

재승이 블랙북에 썼던 첫 번째 질문.

엄마는 나를 낳고 행복했을까?

블랙북은 답을 주지 않았지만, 재승은 그 질문의 답이 더 이상 궁금하지 않았다.

"아빠, 나랑 어디 좀 가요."

"어딜? 무슨 일인데?"

재승이 말했다.

"우리, 엄마 만나러 가자."

✦✦✦

에필로그

간판조차 보이지 않는 오래된 서점.

출입문 옆에는 '헌책 사고팝니다'라고 쓰인 낡은 판자만이 비뚜름하게 기대어 있다. 계산대 옆에 앉은 주인은 퀴퀴한 종이 냄새에 둘러싸인 채 라디오에서 나오는 떠들썩한 새해 인사를 듣는다.

빽빽한 서가들이 만든 미로 같은 길을 지나 한 여자아이가 주인에게 다가온다. 주인은 돋보기안경을 고쳐 쓰며 아이가 내려놓은 만화책 더미를 바라본다.

"이렇게 많은 책을 어떻게 가져갈래?"

"아빠가 요 앞에서 기다리고 계세요. 차 타고 갈 거니까 괜찮아요!"

주인은 큼직한 비닐봉지를 꺼내 만화책들을 조심스레 담는다. 그리고 유난히 발그레한 뺨을 가진 아이에게 말한다.

"새해 복 많이 받아라."

"고맙습니다! 할아버지도 새해 복 많이 받으세요. 아, 잠시만
요!"

서가 쪽으로 사라졌던 아이가 금세 되돌아온다.

"근데 이 책은 뭐예요?"

주인은 아이가 내민 검은 책을 들여다본다. 안을 들춰 보니
종이마저 검은색이다.

이 책을 어디에서 봤더라.

오래전에 왔던 젊은 여자도 비슷한 질문을 했었는데.

"글쎄다. 인쇄가 잘못된 모양인데."

아이가 페이지 위쪽을 가리킨다.

"이것 보세요. 1월 1일. 오늘 날짜가 적힌 페이지만 하얀색이
에요."

"확실히 잘못된 책이네. 이리 주렴, 버려야겠다."

그렇게 어처구니없는 말은 처음 듣는다는 듯, 아이가 책을
끌어안는다. 오래된 서점에 어울리지 않는 맑은 목소리가 울려
퍼진다.

"그럼…… 제가 가져도 돼요?"

창작 노트

언젠가부터 명언이나 귀여운 그림이 담긴, 작은 크기의 일력이 유행하고 있습니다. 일력이란 날짜가 적힌 종이를 날마다 한 장씩 떼어 내게 만든 달력입니다. 제 책상에도 손바닥만 한 크기의 일력이 있습니다. 새해가 되면 설레는 기분으로 마음에 드는 일력을 구입합니다.

하루를 마칠 때면 일력의 종이를 조심스레 떼어 냅니다. 내일의 날짜를 바라보며 내일은 어떤 하루가 펼쳐질지 생각합니다. 걱정하던 일은 해결되고, 내가 사랑하는 사람들이 행복한 하루를 보내면 좋겠습니다. 내일을 향한 기대와 우려. 내일의 일만이라도 미리 알 수 있다면 우리의 삶은 얼마나 달라질까요? 『블랙북』의 이야기는 일력을 한 장씩 떼어 내던 바로 그 순간들로부터 시작되었습니다.

소설 속 재승은 내일의 일을 예지해 주는 특별한 책, '블랙북'을 얻게 됩니다. 블랙북에 쓸 질문을 고민하는 재승을 보며 저도 함께 생각에 잠기곤 했습니다.

내가 블랙북을 갖게 된다면 나는 어떤 질문을 쓸까.

나는 과연 무엇이 궁금한가.

타인에게 관심이 없던 재승은 당연히 자신을 위한 질문을 쓰기 시작합니다. 그러다 친구들을 위해 블랙북을 사용하게 되고, 다른 이의 아픔을 공감하고 이해하는 법을 알게 됩니다. 블랙북이 재승에게 가르쳐 주고 싶었던 것은 내일에 대한 답이 아니라 결국 '사람'이 아니었을까요. 자신보다 블랙북을 멋지게 쓴 사람은 없었을 거라고 단언하는 재승은 제가 창작한 인물들 중에서 저를 가장 설레게 만든 아이였습니다.

이 소설을 마무리할 때까지 놀라울 만큼 따스한 응원을 받았습니다.

가장 든든한 버팀목인 부모님과 제가 쓴 모든 원고의 첫 번째 독자이자 예리한 비평가가 되어 주는 남편에게 고맙습니다. 원고를 꼼꼼히 봐 주는 가족이 있다는 건 크나큰 행운입니다.

소설을 쓰는 내내 아낌없는 격려를 보내 주신 슈크림북의 위혜정 대표님께 감사드립니다. 대표님과 함께한 시간은 처음부터 끝까지 다정하고 즐거웠습니다.

섬세하고 신비로운 분위기의 표지 그림을 그려 주신 예란 작가님, 감사합니다. 언젠가 꼭 함께 작업하고 싶었습니다. 이번 기회로 오래된 소망을 이루었습니다.

마지막으로 출판계의 다정한 선후배님들과 모든 독자님들께 감사드립니다. 여러분도 이 책을 읽는 동안 재승과 함께 나의 내일을 그려 보셨으리라 믿습니다.

어느 날 우연히 블랙북을 발견하신다면 여러분은 어떤 질문을 적고 싶으신가요.

무슨 질문이든 상관없습니다. 나의 내일은 내가 오늘 무엇을 했는지에 달려 있으니까요. 블랙북의 대답은 결국 여러분이 만들어 가는 것입니다.

지금 여러분 곁에 있는, 소중한 사람들과 함께요.

2025년 봄의 문턱에서
김하연

블랙북

지은이 김하연
펴낸날 2025년 4월 10일 초판 1쇄, 2025년 5월 15일 3쇄
펴낸이 위혜정 | **기획·편집** 스토리콘 | **디자인** 포도
펴낸곳 따끈따끈책방(주) | **주소** 서울특별시 마포구 양화로186 LC타워 604호
전화 070-8210-0523 | **팩스** 02-6455-8386 | **메일** chucreambook@naver.com
출판등록 제2023-000176호

ISBN 979-11-989487-3-1 43810

※ 잘못된 책은 구입처에서 바꾸어 드립니다. ※ 값은 뒤표지에 있습니다.
※ KC마크는 이 제품이 공통안전기준에 적합하였음을 의미합니다.

슈크림북은 따끈따끈책방(주)의 아동 청소년 브랜드입니다.
instagram.com/chucreambook